光文社文庫

文庫書下ろし

おくりびとは名探偵

元祖まごころ葬儀社 事件ファイル

天野頌子

光 文 社

この作品は光文社文庫のために書下ろされました。

目次

おくりびとの面々
梅澤翠芳（うめざわすいほう）
宝雪寺（ほうせつ）の住職で、地元でも評判の美僧。涙もろく、読経中に涙をこぼすこともしばしば。和馬の高校の先輩でもあり、ミステリー研究会の会長を務めていた。
渋井和馬（しぶいかずま）
売れないミステリー作家で、月の半分は実家の元祖まごころ葬儀社でアルバイトをしている。葬儀場でもネタを探す毎日だが、編集者からはボツばかり食らっている。
宮尾（みやお）くるみ
元祖まごころ葬儀社の最年少社員。童顔だが、抜群のメイク技術を持つ死に化粧の達人。あっけらかんとした性格で、和馬にもずけずけ物を言う。カンが鋭い。

中原家の人々

中原貴李子

故人。地元で数々の事業を展開する中原グループの会長。「ごうつくばばあ」の異名を持つ。呼吸不全で急死した。

中原拓実

貴李子の三男。母親からフレンチレストランを一軒まかされている。経営悪化でクビになる寸前だった。

中原恭二

貴李子の次男。中原総合病院院長。母親の死亡診断書を作成した。病院は大赤字を抱えている。

中原賢太郎

貴李子の長男で喪主。中原不動産社長。妻は地元選出の国会議員の娘で、貴李子と折り合いが悪かった。

イラスト　宮崎ひかり
装幀　bookwall

プロローグ　葬儀あるある

しめやかな雨の告別式には、独特の風情がある。

盛大な読経の合間にかすかな雨音とすすり泣きがまじり、線香の煙が重く湿った空気をうっすらと白く染める。

こんなに参列者がつめかけた告別式は久しぶりだ。大ホールに二百ならべた椅子が全然足りない。

珍しく参列者の数を大きく読み間違えてしまい、元祖まごころ葬儀社の三代目社長は、ひどく自尊心を傷つけられたようだ。着古した黒スーツの後ろ姿が、わずかにうなだれている。

「人気がある先生だったとは聞いていたが、退職してもう八年もたっているし、せいぜい百五十だと読んだんだ……。しかも雨だし。おれもまだまだ修行が足りないな」

社長はかなり薄くなった頭を左右にふると、低くぼやく。

白や薄紫の菊にかこまれて微笑む遺影は、いかにも温厚そうな老紳士だった。生前は私立の女子校で校長をつとめていたらしい。そのため、参列者の大半が女性である。

安物の黒スーツに黒ネクタイで受付に立つ渋井和馬は、腕時計をちらりと確認した。

午後二時十五分か。

このセレモニーホールから火葬場まで車で約十五分。火葬の最終受付が午後三時なので、余裕をもって二時半には出棺したいところだが、この調子で焼香が続くとぎりぎりになるかもしれない。

今もまた、アンサンブルの喪服に身を包んだ若い女性が受付にあらわれた。白いシャツに黒い半ズボン姿の幼い子供を連れている。

「このたびはまことにご愁傷さまです」

頭をさげる和馬に、女性は小さくうなずき、香典をさしだす。

記帳をすませた女性は、幼児の手をぎゅっと握りなおすと、大ホールへ入っていった。

どうも様子がおかしい。

告別式に様子がおかしい人が来るのはままあることだが、和馬は何となく気になって、女性のきゃしゃな背中を目で追った。

焼香の列を無視して、まっすぐに棺の前まですすんでいく。

いきなり手を伸ばしたかと思うと、棺の蓋をあけ、白い死に装束に身を包んだ遺体にとりすがった。

おいおい何をしてるんだ。

「死んでしまったなんて嘘よね……」

尋常ではない女性の振る舞いに、ざわめきがおきる。

「ご遺体にはふれないでください！」

葬儀スタッフが女性にかけより、棺からひきはなそうとするが、女性はすばやくその手をふりはらった。

「ちゃんとお別れをして。お父さんと会えるのもこれで最後よ」

連れてきた幼児に言い聞かせる。

その瞬間、さっと椅子から立ちあがったのは、遺族席の最前列にいた故人の妻だ。雨にもかかわらず黒の紋付きを着込んでいる。髪もきれいにセットしているし、おそらく朝っぱらから美容院に行ってきたのだろう。

「ちょっとあなた、何を言ってるの？」

「この子は先生の子供です。正式に認知もしていただいています」

愛人の爆弾発言に、妻の顔色がかわった。

「なんですってぇ!?　この泥棒猫！　よくものこのことあらわれたわね！」

妻は着物のすそをひるがえして若い愛人にかけより、つきとばした。愛人は床に尻餅をつき、顔をゆがめながら妻をにらみ返す。

「愛しているのは君だけだ、って、彼はいつもあたしに言ってたわ」

「そんなの嘘よ！　彼が本当に愛していたのは私よ！」

反論したのは、妻ではなく、焼香の列に並んでいた中年の女性だった。

「違います、彼の一番はわたくしです」

今度は品の良い白髪の老婦人が椅子から立ちあがる。

「一体どうなってるの!?」

「だって本当に校長先生はあたしに言ったんだもの」

「あたしも愛しているのは君だけだって言われたわ！」

会場のあちこちから、故人に愛をささやかれたという女性が声をあげ、大混乱となった。

校長はどうやら生徒や教師、あるいは生徒の母親にまで手をだしていたらしい。

「そもそもあんたが変なことを言うから！」

妻は鬼のような形相で、発端となった子連れの愛人につかみかかった。だが一方的にやられているような愛人ではない。

愛人が妻に黒いフォーマルバッグをたたきつけると、妻が握っていた珊瑚の数珠がちぎれ、派手な音をたててバラバラと飛び散った。

女性たちの怒号がとびかい、子供が泣き叫ぶ。

愛人や隠し子が突然あらわれるのは葬儀あるあるの一つだが、ここまで派手な大立ち回りを見るのは初めてだ。とんだサプライズである。

僧侶もお経を唱えながら、乱闘の模様をちらちらうかがっているようだ。若干調子が乱れている。だが、むしろ、この騒動の中でお経を唱え続けた胆力を賞賛すべきだろう。

「なるほど、そういう特殊事情があったから、参列者がおれの読みを大きく上回ったのか。まあこれは仕方ないよな。喪主さんも知らなかったみたいだし」

社長はご満悦である。

「これじゃ出棺どころのさわぎじゃないし、今日は中止かな」

和馬がもらした感想に、社長はおもむろに振り返った。色黒の顔から笑みが消えている。

「中止はだめだ。下手したら料金を踏み倒される。ご遺体だって明日にはえらいことになるし、精進落としの料理ももうできあがっている頃だ。何がなんでも葬儀は最後までやりとげるぞ。和馬、はやくあの取っ組みあいを止めてこい」

「えっ、僕が!? そういうの苦手だから、父さん行ってよ」

勤務中は必ず社長とよぶようにと言われているのだが、狼狽して、つい、父さんとよんでしまった。

「ギリギリになりそうだから、おれは火葬場に連絡を入れてくる」

父の方も、よび方を訂正するどころではない。ポケットから携帯電話をとりだしながら、足早にホールの外へでていった。

仕方ない、これも給料のうちだ。

今日は一生忘れられない葬儀の一つになりそうだな。

和馬はため息をひとつつくと、覚悟を決めて、ご婦人たちの壮絶な乱闘にわってはいったのであった。

第一章　そこにご遺体がある限り

一

長く鬱陶（うっとう）しかった梅雨がようやくあけた、七月中旬の午後四時近く。

千葉県の北西部、北総線青井（あおい）駅から車で十分ほどの場所にある青井セレモニーホールには、葬儀屋や花屋、料理の仕出し屋などがせわしなく出入りし、通夜の準備がてきぱきとすすめられている。

葬儀は厳粛でありつつも、常に時間との勝負なのだ。

そんな中、一人、携帯電話を眺めながら呆然とたたずんでいる三十代の男がいた。ひょろりとした長身をつつむ安物の黒スーツ。とぼけた丸フレームの眼鏡。精一杯整髪料で押さえたにもかかわらず、後頭部に寝癖が残る髪。まったくスポーツをしたことのない者ならではの、細長いきれいな指。ただし身体のあちこちに、ひっかき傷と青あざが残っている。

元祖まごころ葬儀社のアルバイト従業員、渋井和馬だ。

和馬はうつろな眼差しを携帯電話にむけたまま、かれこれ三分間、彫像のように固まっていた。

頭の中ではぐるぐると同じ言葉がまわっている。

なぜだ。

今度こそいけると思ったのに……。

何が悪かったのだろう。

窓の外の積乱雲に問いかけるが、答えはない。

日没までまだ三時間ほどある夏空は、美しく澄んだ青だ。

昨夜はあんなに激しい雷雨だったのに。

ああ、このサファイヤを砕いてまぜたような空は、青玉色と書いてサファイヤブルーとルビをふるべきか、それとも、厳密には違う色だが、語感の美しさを重視して瑠璃色(るりいろ)と書くべきか。夏色も悪くないな……。

「良くない知らせですか？」

かわいい声で明るくきかれ、和馬は逃避から引きもどされた。携帯電話をポケットにしまい、冴えない表情でふりむく。

そうだ、ここは青井セレモニーホールの二階にある和室だった。

通夜は小ホールでおこなうのだが、その前の納棺の儀には、併設されている十畳ほどの和室を使う予定なのだ。

病院から移送されてきた遺体は、白い死に装束を着せられ、つやつやした白い布団に安置されている。

布団の上には守り刀。頭の近くには、蠟燭（ろうそく）や香炉などの三具足（みつぐそく）を白木の台にのせた枕飾り。

そして遺体のそばには、元祖まごころ葬儀社の最年少社員、宮尾（みやお）くるみが座り、和馬を見上げている。

「くるみちゃん、カン良すぎ」

「カンじゃありません。和馬さんって表情から心の声がだだもれなんですよ。ひょっとして編集さんからですか？」

くるみは、きゅるんとした笑顔であっけらかんと言う。

くるみも仕事用の黒いパンツスーツで、アクセサリーはひとつもつけていないが、不思議とスタイリッシュに見える。

しかも童顔で、ふっくらしたピンクの頬をしているため、ここが葬儀式場でなければ、就職活動中の女子大生にしか見えないところだ。

「さてはまた何かボツになったんですね。原稿ですか？　プロット？」

「プロットだよ……」

くるみの鋭い追い討ちに、和馬はたまらず、がっくりと肩をおとした。

「夜な夜な緊縛されるのに疲れた美熟女が、ニラのかわりに水仙の葉を使ったニラ玉を力士の夫に食べさせて殺すっていう、華麗にして淫靡(いんび)な大人のミステリーだったんだけど、マニアックすぎるって……」

「たしかにマニアックですね」

「そうかな……」

和馬の本業はミステリー作家だ。

大学三年生の時に新人賞の佳作を受賞して、翌年には単行本『植物学者　桜小路(さくらこうじ)教授の絢爛(けんらん)たる温室事件簿』も刊行された。

これはいけると思って就職せず、執筆活動にうちこんできたのだが、残念ながら小説だけで食っていけるほどは売れていない。昨年などは雑誌に読み切りが一本掲載されたっきりで、一冊も刊行できずに終わってしまった。

背に腹はかえられず、月のうち半分は、元祖まごころ葬儀社でアルバイトをして、生活費の足しにしている。ちなみに和馬の父が元祖まごころ葬儀社の三代目社長で、母は副社長兼経理係だ。

アルバイトの和馬の仕事は、主に、当日の受付や案内係である。

今日のように人手が足りない時には、祭壇の設営や、椅子ならべ、香典返しの確認などの準備作業も手伝う。

一番好きなのは、案内板を持って分かれ道に立っているだけの仕事だ。夏の昼間や冬の夜は少々辛いが、小説の構想を練るのに最適である。

そうだ、今日の通夜もどうせ受付か案内係だから、新しいネタを考えよう。そして帰宅したらすぐにプロットをまとめるのだ。

ボツをくらうたびに鬱々と落ち込んでいたら、作家なんてやってられないし、何より、一円にもならない。

そのためにも、さくさく通夜の準備を終わらせなくては。

和馬は、うむ、と、うなずくと、遺族用の座布団をならべはじめた。

二

今日の六時から予定されているのは、青井市きっての資産家女性の通夜である。

和室に座布団をならべながら、和馬はふと、ここに座るであろう人々のことを考えた。

遺族もいわゆるセレブなのだろうか。

セレブを間近で観察できるチャンスなど滅多にないことだから、ひょっとしたらいいネタが拾えるかもしれない。

さまざまな人間模様が垣間見えるのも、葬儀の醍醐味だ。

参列者全員が心から故人を追悼する葬儀がある一方で、悲喜こもごもの愛憎劇が繰り広げられることもある。

葬儀のほとんどが突然おとずれる非日常だから、ふだんはおさえられている人間の感情や欲望が爆発しやすい場面なのかもしれない。

「そういえば先週の、校長先生の隠し子騒動はどうなったのか聞いてる？」

和馬はくるみに尋ねた。

「校長先生の告別式は激しかったですよねぇ。あの後、愛人の言うことなんか絶対に信用できないって奥さんが言い張って、ＤＮＡで親子鑑定してもらうことになったみたいですよ。社長が弁護士の先生を紹介してました」

元祖まごころ葬儀社では、アフターサービスで霊園や墓石屋、また、税理士を紹介することも少なくない。そしてたまには弁護士も。

「なるほど。もし故人との親子関係がなければ、認知無効の訴えをおこすことが可能だからね」

「和馬さん詳しいですね。もしかして子供を認知したことあるとか？」

「ないよ！　離婚弁護士が事件に巻き込まれる話を書いたことがあって、その時いろいろ調べたんだ」

ついでに言えば、その小説の舞台がパリだったので、パリの歴史や街並にもかなり詳しいのだ、と、自慢しかけたが、さすがにむなしくなってやめた。

「なーんだ。まあそんなとこだろうとは思ってましたけど。和馬さんって、自分の寝癖は直せないのに、毒とか法律とか、妙なことには詳しいですよね。普通の人は水仙に毒があることなんか知りませんよ」

「そこは花に詳しいと言ってくれ」

「毒のある花にだけ詳しくても、女性にはもてませんよ？」

くるみはつややかな黒髪をゆらしてくすくす笑う。実はこれは葬儀用のウィッグで、その中には柔らかなベージュブロンドが収納されているのだ。

「はい、できました！」

くるみはリップブラシを片手に、満足げに宣言した。

この五分間、和馬と話しながら、着々と遺体に死に化粧をほどこしていたのである。

専用のファンデーションを塗り、頰紅と口紅をたすだけで、さっきまで青白かった顔が急に明るくなる。アイシャドウは自然なブラウンで、眉も少しととのえたようだ。

遺体には、病院で、エンゼルケアとよばれる清拭とともに、薄化粧をほどこされてはいたが、くるみの手にかかると、顔ががらりと一変する。

それもそのはず、くるみは美容専門学校のメイクアップアーティストのコースを卒業しているので、化粧のプロなのである。

「いつもながらくるみちゃんのメイク技術はすごいな」

「頑張りましたよ。死に顔、かなり怖かったですからねぇ」

今日の故人は六十代後半の女性だが、くるみの死に化粧のおかげで、かなり若返ったようだ。

ただし納棺師ではないので、険しい表情をやすらかな寝顔にととのえることまではできない。

外注の納棺師を手配することもできたのだが、極力シンプルにという遺族の希望で、オプションの有料サービスはまったく選択されていないのだ。

金持ちほどケチだという噂はどうやら本当らしい。

それともその死を伏せねばならない、特別な事情でもあるのだろうか。

いやいや、武田信玄じゃないんだから、と、和馬は肩をすくめる。

「それにしても社長と奥さん、遅いですね。病院混んでるんでしょうか？」

「夏風邪がはやってるらしいからね」

母が今朝から三十八度近い熱をだしてしまい、父が車で病院まで連れて行っているのだ。

午後の診療が三時からなので、四時には仕事に戻れるはずだったのだが、母を自宅まで送ることになったのかもしれない。

「ひょっとして病院で営業をかけているとか？」

「社長ならやりかねないな」

警察と病院は、葬儀社にとって、もっとも重要な営業先なのである。

噂をすれば影、和馬の携帯電話が父からの着信を知らせた。

「すまん、和馬。二人ともインフルエンザだった」

三

開口一番、父はとんでもないことを言った。

「インフルエンザ⁉　父さんも⁉」

和馬があげた驚きの声に、くるみは大きな目をさらに大きく見開く。

「母さんはともかく、父さんはすごく元気だったよね？」

「それが実は昼すぎから熱っぽくなってきたんで、念のため検査を受けたら、陽性だったんだよ」

真夏にインフルエンザが流行することも、まれにあるのだという。

「じゃあ今日のお通夜はどうするの？」

「今さらキャンセルもできんし、おまえが仕切ってくれ」

「僕が⁉」

和馬は動転して、つい、すっとんきょうな声をあげてしまった。

「祭壇は生花だったな。花屋さんが全部やってくれるから」

「うん、祭壇はもうできてるけど……」

和馬は携帯電話で話しながら、小ホールへむかい、確認する。

ゆりや菊、グラジオラスなどで優美に仕上げた祭壇は、すがすがしい芳香をはなっていた。白木の祭壇よりも華やかでしかも安いことから、生花の祭壇は最近、大人気なのだ。

「でもいくらなんでも、僕が仕切るのは無理だよ。だって今日はよりによって、中原の大奥様のお通夜だよ？」

「そんなことわかってる。だからキャンセルできないんだ。来月の社葬は絶対にうちがとりたいからな」

かれこれ三十年近く中原グループに君臨してきた中原貴李子、通称、中原の大奥様の社葬ともなれば、参列者が千人をこえる盛大な式になることは間違いない。

なにせ中原家は戦前からの大地主で、青井駅周辺に所有する広大な土地に商業施設やオフィスビルをたて、この市の経済活動には、ほぼほぼ中原グループがからんでいるとまで言われているのだ。

その中原グループの会長の社葬である。地元の名士はもちろん、県知事や国会議員もはせ参じるだろう。

父としては何としてもこの社葬を、元祖まごころ葬儀社で請け負い、やりとげたい。

金額的にも大きな葬儀になるが、それ以上に、本家まごころ葬儀社の鼻をあかしてやりたいのだ。

なにせ本家まごころ葬儀社は、祖父と大げんかして家をとびだした大叔父が設立し、元祖まごころ葬儀社のお得意さんを片っ端から横取りした宿命のライバルなのである。

そのためには、まず、身内だけでおこなう密葬を粛々と遂行し、喪主の信頼を勝ち取らねばならない。

「せっかくうちにビッグチャンスがころがりこんできたのに、インフルエンザごときでキャンセルしようものなら、先代と先々代がばけてでるぞ。幸い今日明日は可能な限りこぢんまりとシンプルにやりたいと喪主さんに言われているから、おまえでもなんとか仕切れるはずだ」

「そうは言っても、司会進行とか……」

司会進行は父がおこなう予定だったのである。

「安心しろ。司会はくるみちゃんが何度かやったことがあるし、案内係や配膳係もいつもの派遣会社に慣れた人をお願いしておいたから。お坊さんも中原家の菩提寺である宝雪寺の翠芳さんだから、大船にのったつもりで任せておけば大丈夫だ」

「そんなこと言ったって……」

「じゃあ、あとはまかせたぞ！」

「ちょっ、父さん⁉」

いきなり通話を終了されてしまった。

「ああ、もう、どうしたらいいんだ！」

和馬は両手で髪をぐしゃぐしゃとかきまわし、うめく。

祭壇の中央に飾った遺影は、威厳に満ちた眼差しで和馬を見おろしている。

もともとは会社案内のパンフレットや社内報用に撮影された写真だろう。一応、微笑みらしきものをうかべてはいるのだが、威圧感というか、底知れぬ凄味をまとっている。

とにかく眼光が鋭い。

こういう人をやり手というのだろう。

万が一にもミスがあったら、容赦無く罵倒されそうだ。

「どうするんですか？　あたしはどっちでもかまいませんけど、ドタキャンするなら早くした方がいいんじゃないのかな？　四時半には喪主さん来ちゃいますよ」

くるみはふっくらした頰にひとさし指をあて、いつものように明るく言う。

「もう祭壇も完成してるのに、ドタキャンってありだと思う？」

「普通は無しかな」

「そうだよね……。えーと……ちょっとトイレに行ってくる……」

和馬は時間かせぎをかねて、男子トイレに逃げ込んだ。

一番奥の個室の便座に腰をおろして、ため息をつく。

大奥様の遺体は白い布団に安置され、棺と香典返しと会葬礼状はもう届いている。料理だってもう完成している頃だし、喪主はもちろん、他の遺族たちだってもうこちらへむかっている頃だ。

僧侶が昔からよく知っている翠芳さんなのは不幸中の幸いだが、しかし、自分に中原の大奥様の通夜と葬儀を仕切れるだろうか……。

これが父か母のどちらかだったら、余裕で通夜から告別式まで一人で仕切れるのだが、よりによって天然毒舌娘のくるみちゃんと自分の二人しかいないとは。

校長先生の告別式とは違う意味で、忘れがたい葬儀になる予感しかしない。

ドタキャンは申し訳ないが、とんでもない事態になるよりはましなはずである。事情を正直に話せば、遺族もわかってくれるのではないだろうか。

和馬が頭を抱えていると、ぼそぼそと低い声が聞こえてきた。

誰かが男子トイレに入って来たようだ。

一人ぶんの声しか聞こえないということは、独り言か、あるいは携帯電話で通話中なのだろう。

こまかい内容までは聞き取れなかった。

「お母さんを殺してしまった」という一言を除いては。

四

お母さんを殺してしまった。

今、たしかにそう聞こえた。

和馬は全神経を耳に集中させるが、「うん、ああ」などの言葉しか聞きとれない。

誰が誰を殺したっていうんだ⁉

そこにいる、声の主が殺したのか⁉

それとも妻や子供や兄弟や愛人や友人知人が殺したのか⁉

和馬は大慌てで、だが極力音を立てないように、そっとズボンのチャックをあげると、便座によじのぼった。

個室のドアと天井の間の二十センチほどの隙間からのぞき見をして、物騒な話をしている人物を特定しようとしたのだ。

だが、そこには誰もいない。

手洗い場にも、小便器がならぶエリアにも、隣の個室にも。

空耳だったのか?

いや、たしかに聞いた。男の声だった。

和馬がチャックをじわじわあげている間に、犯人は男子トイレからでていってしまったのだ。

しまった、チャックなんかあげている場合ではなかったのだ。

痛恨のミスに歯ぎしりしながら、和馬は便座からとびおりた。個室のドアをあけ、男子トイレからとびだす。廊下をみまわすが、あたりに人影はない。

なんて逃げ足の速い男だ。

和馬は男子トイレに戻ると、便座につけてしまった自分の靴跡をトイレットペーパーでふきとり、手を洗った。

ハンカチを使いながら、さっき聞いた声を脳内で再生する。

「お母さんを殺してしまった」

間違いなくそう聞こえた。

殺されたのは、今、和室に安置されている中原貴李子だろうか。

たしか喪主は息子だ。

ということは、喪主が母親を殺した犯人ということか……？

和馬の心臓がドクンと大きく跳ねた。

殺人事件を書いたことは何度もあるが、まさか本物の事件に遭遇するなんて、想像したこともなかった。

しかもよりによって、被害者は中原家の大奥様、犯人はその息子かもしれないのだ。

動機は怨恨か、それとも、遺産目当てか。

和馬は腕組みをして、男子トイレをうろうろと歩きまわる。

落ち着け、こういう場合、何をすればいいんだっけ？

警察、そうだ、警察に通報すべきだろう。

ここは絶海の孤島でもなければ、雪山のロッジでもないのだ。

通報すればすぐに千葉県警がとんできて、捜査を開始するだろう。

和馬は黒スーツのポケットから携帯電話をとりだした。緊張と興奮でかすかに指がふるえている。

ええと、警察は何番だったっけ。

通報しようとして、和馬は、はた、と、指をとめた。

「トイレの中で、誰かが、母さんを殺したって言ってるのを聞いたんです。誰が話していたのかはわかりませんが、たぶん、中原家の息子だと思います。証拠は何もありませんが」

と言ったとする。

一一〇番のオペレーターは、一応、話は聞いてくれるだろう。

だが本気でとりあってくれるだろうか？

証拠は何もないのだ。

悩んだ末、警察は後回しにして、先に社長である父に報告することにした。

トイレは危険だ。誰に聞かれるかわからないということが、たった今、証明されたばかりである。

和馬は僧侶用の控え室として用意されている小部屋に行き、今度こそ通話ボタンを押した。

だが、インフルエンザとは思えぬほど元気な父は、和馬の説明が終わるか終わらぬかのうちに「忘れろ」と言い放ったのである。

五

予想外の父の反応に、和馬は面食らった。

「だって、殺人事件だよ!? 中原家の大奥様が殺されたかもしれないんだよ!? このまま聞かなかったふりをして葬儀をとりおこなっていいの!?」

「いいに決まってるだろう。うちは葬儀屋なんだから、そこにご遺体がある限り、たとえどんな事情があっても葬儀はおこなえ。それが故人のためであり、遺族のためでもある」

「ええっ!?」

「考えてもみろ。もし殺人事件として捜査が開始されたら、ご遺体は警察に持って行かれるだろうし、通夜どころのさわぎじゃなくなって、うちは大損だ」

「うっ」

そこまで考えていなかったが、たしかにその通りである。この父の迷いのない即答からして、過去にそんな経験があるのかもしれない。

「しかも、犯人は喪主さんかもしれないんだろう?」

「うん、まあ……」

「喪主さんが警察で事情聴取なんてことになったら、通夜も告別式も絶望だ。もちろん社葬もな！」

「ああ……」

「だからおまえが聞いたことは今すぐ忘れろ。聞き間違いで、勘違いで、空耳だ！　警察に余計な事なんか言うんじゃないぞ」

「父さん、殺人を見過ごせって言うの⁉　それはミステリー作家として、じゃなくて、人としてどうなんだよ」

「どうしても警察に通報しないと気が済まないのなら、社葬が終わってからにしろ。それより、納棺の準備は全部すんでいるのか？　くれぐれも失礼がないようにな」

言うだけ言うと、またも父はさっさと通話を終了してしまう。

「何てこった……」

三たび和馬は、携帯電話を片手に、呆然とたたずむ羽目になってしまった。

さすが元祖まごころ葬儀社の三代目社長、わが父ながら天晴(あっぱ)れな葬儀屋魂である。

たしかに殺人事件には時効がないので、通報は葬儀後でもかまわない。

だがその頃には、ありとあらゆる証拠が隠滅されているのではないだろうか。少なくとも自分が犯人なら、今日明日中には、犯行をにおわせる痕跡はすべからく消そうとするだろう。

「一体どうすれば……」

「一体どうしたんですか、和馬さん？」

思い惑う和馬の前にあらわれたのは、優しげな面差し（おもざし）の僧侶であった。

額からにじむ汗を白い麻のハンカチでおさえながら、大きな目を丸く見開いている。涼やかな夏物の僧衣をまとう、ほっそりしているが、決してきゃしゃではない身体。柔らかな声に上品な物腰。美しいと評判のうなじ。

県立東ヶ丘（ひがしがおか）高校の先輩にして、宝雪寺の住職、翠芳である。

どうしてここへ、と、間抜けな質問をしかけて、和馬は慌てて飲み込んだ。

そもそもここは、僧侶用の控え室である。

畳敷きの狭い和室には、小さな座卓と座布団、衣紋掛け、そして姿見くらいしか用意されていない。小窓の障子はしめきられており、外の景色は見えない。

「あ、その、暑い中、ありがとうございます」

「和馬さんもお疲れさま」

和馬がすすめた座布団に座ると、翠芳は扇子（せんす）で胸元をあおぎはじめた。透け感のある薄い素材の僧衣だが、見た目ほど涼しくないらしい。

「ええと、飲み物を持って来ますね。冷たい麦茶でいいですか？」

「どうぞお気遣いなく。それより、何をお困りなのか聞かせていただけませんか？　幸いまだ少し時間もありますし」

澄んだ瞳で優しく問われ、ついつい和馬はすべてを話してしまった。

そもそも自分一人で抱えきれる問題ではないから、父に相談したのだ。かえって混迷は深まっただけだったが。

「なるほど、それは悩ましいですね。たしかに、葬儀をつつがなくとりおこなうのが、故人のためであり遺族のためでもあると言われれば、反論のしようがありません。葬儀を中止させておきながら殺人が立証できなかった場合、葬儀社の信用にかかわるというのもまた事実です」

翠芳の冷静な指摘に、和馬はぐうのねもでない。

たしかにうかつに警察に通報して葬儀を中止においこみ、喪主を容疑者よばわりした挙げ句、ただの聞き間違いだったとあっては、元祖まごころ葬儀社の評判は地に落ちること間違いなしだ。

「ですが、時間がたてばたつほど証拠を隠滅され、捜査が困難になるという和馬さんの心配もまたもっともです。特に、死因を解明するために一番重要な手がかりとなる遺体を、

焼失してしまうことになりますからね」

困りましたねぇ、と、翠芳はうなずく。

「で、和馬さんとしてはどうしたいんですか？」

「父の言うことも一理あるとは思うんですけど、僕はやっぱり、葬儀屋であるまえにひとりの人間であり……それで……」

翠芳は軽く首をかしげ、じっと和馬の言葉を待っている。

「それで……」

和馬は両手で翠芳の肩をつかんだ。

「こんな美味(おい)しい事件を見過ごすなんて、ミステリー作家としてありえないでしょう！　だって本物の殺人事件が目の前にころがってるんですよ⁉」

六

「和馬さん……」

翠芳は、これ以上はないというくらい、大きく目を見開いている。

返答に窮(きゅう)している、というより、驚きあきれている様子だ。

本音をぶっちゃけすぎたようである。

「というのは置いといて」

和馬は翠芳の肩から手をはなし、コホン、と、咳払いした。

「殺人事件を隠したまま葬儀を強行するのは、人としてどうかと思いませんか？　きっと被害者は無念で、成仏なんてできませんよ」

「なるほど、たしかに無念かもしれません」

「そうですよ！　絶対に被害者は無念です！　悔しくて悲しくて化けてでます！　気の毒すぎませんか⁉」

和馬はここぞとばかりに翠芳の情に訴えた。

実は翠芳は、いくら僧侶とはいえ、二十一世紀の日本には稀なくらい澄んだ心の持ち主で、かわいそうな人にはすぐに同情してしまうのである。

なにせペットの葬儀でも、読経中、亡くなった動物に心をよせすぎてはらはら泣いてしまうくらいなのだ。

もっとも、それはそれで「良いお葬式でした。私の時もぜひ翠芳さんにお願いします」と、遺族からはとても好評なのだが。

「そう、ですね、気の毒ですね……」

翠芳はうなずいた。

「なんとか騒ぎ立てずに、穏便に事件を立証できる方法があるといいのですが……」

翠芳の言葉に、和馬は考え込んだ。

元祖まごころ葬儀社の者であるとばれないように、公衆電話から匿名で警察に通報するのはどうだろう？

だめだ、それこそイタズラ電話だと判断されかねない。

残る方法は。

「となると、警察に頼らず、僕が自分の手で殺人を立証するしかありません。それも棺が火葬炉に入るまでに」

「私も故人のご無念をはらし、安らかに成仏していただけるように、できるだけの協力をさせていただきます」

翠芳は清らかな瞳に決意をたたえて言った。

「ありがとうございます、先輩、いえ、梅澤(うめざわ)会長！　心強いです！」

和馬が翠芳の手を握りしめ、ぶんぶんと振ると、翠芳は少し照れたように微笑んだ。

実は翠芳は、和馬が高校一年生だった時のミステリー研究会会長である。読書量だけだったら和馬をこえているかもしれない。

「葬儀をおこないながら真実を解明するというのは、なかなか大変ですが、関係者が一堂に会するという意味では、効率はいいかもしれませんね」

翠芳の指摘に、和馬ははっとした。

そうだ、容疑者である息子はもちろん、被害者の家族が全員、葬儀に参列するだろう。被害者と容疑者の間にどんなトラブルがあったのか、あるいは昨日から今日にかけて、容疑者の不審な行動を目撃した人はいないか、まとめて聞きだす絶好の機会かもしれない。

この際、推理の邪魔をしてくるであろう父と母がいないのは、もっけの幸いである。うまくすれば、次の作品のネタになるかもしれないし。

思い悩んでいても一円にもならない。

やるべきことをやるだけだ。

先ほどまで、自分が通夜を仕切れるだろうか、と、青くなっていたのが嘘のように、和馬の目は輝いていた。

ひょっとしたら、これはとんでもないチャンスかもしれないぞ。

いやいや、落ち着け。

聞き取れたのは「母さんを殺してしまった」という一文だけだ。

ゆるみかけた口の端を、きゅっとひきしめた。

「とはいえ、僕の聞き間違いという可能性もありますから、慎重に確認していきたいと思います」

「事件の可能性は十分あると思いますよ。亡くなられたのは、あの中原家の大奥様でしょう？」

翠芳があまりにさらりと言うので、かえって和馬はとまどう。

「ええと、それは、親子関係がものすごくこじれていたということですか？　それとも莫大な遺産をめぐってもめていたとか？」

「まあ、いろんな噂を耳にしますね。大奥様はご主人を亡くされてから三十年近く、中原グループを一人で切り盛りしてこられたようです。名ばかりの家長であるご長男に不動産会社をまかせてはいるけれど、グループの経営方針には一切口をださせないとか、もちろん長男のお嫁さんとは全然うまくいってないとか。中にはごうつくばりとか、ドケチなんて揶揄する人もいらっしゃいます。あくまで噂ですけど」

さすがは室町時代から続く古刹、宝雪寺の住職。地元の事情にやたらと詳しい。

どうやら中原家では、息子が母を殺しても不思議ではない状況にあるようだ。

もっとも、日本では、殺人事件の半分以上が家庭内で発生しているので、珍しくもなんともないのだが。

「わかりました。疑わしきは見逃さず、の精神で調べていきます」

疑わしきは罰せず、というのが裁判の原則だが、わが東ヶ丘高校ミステリー研究会では、疑わしきは見逃さず、をモットーにしていたのだ。

「まずは事件の概要から確認します。被害者は中原貴李子、六十七歳。中原グループの会長です」

僧侶控え室は臨時の捜査会議の場と化した。

和馬は父から預かった書類一式から、死亡診断書のコピーをとりだす。

市役所に死亡届と火葬許可書の代理手続きに行くために、父が喪主から預かったものだ。

「死因は呼吸不全からくる心不全になっています。もともと呼吸器系の持病があったみたいですね」

「なるほど」

そこだけ見ると、特に不審な点はない。だが。

「死亡診断書を記入したのは、中原総合病院の医師、中原恭二になっています」

「中原家の次男さんです」

翠芳の言葉に、和馬ははっとして顔をあげる。

「ということは、容疑者の一人が書いた死亡診断書ですか？　犯人が医者だったら、死因を隠蔽（いんぺい）し放題じゃないですか」

「さっそく疑わしきポイントがでましたね」

二人は顔を見合わせて、うなずきあう。

「もう一人の容疑者が」

和馬は葬儀の申込書を再確認する。

「喪主、中原賢太郎（けんたろう）、四十歳。故人との続柄は長男で、勤務先は中原不動産。この人が先程も話にでた、名ばかりの家長ですか」

「はい。あと一人、三男さんがいて、たしかレストランを一軒まかされているはずです」

翠芳は何も見ずに即答した。

「つまり容疑者は三人ですね」

「多すぎますか？」

翠芳がいたずらっぽい目で尋ねる。

「逆にものたりないくらいですよ、と、言いたいところですが、タイムリミットがありますからね」

今回はこれまでで一番厳しい〆切だな。和馬は自分に気合いを入れ直した。

七

和馬は翠芳と連れだって、僧侶控え室をでた。和室に安置されている遺体を確認するためだ。

「呼吸不全ということは、窒息死でしょうか？　絞殺か扼殺か」

和馬は声をひそめて言った。

ちなみに絞殺はネクタイやロープを使って首をしめることで、扼殺は直接手で首をしめることである。

「犯人が医者だったら、目立つ外傷をつけるような間抜けな真似はしていないと思いますが、念のため首まわりをじっくり観察してみましょう」

そもそも呼吸不全そのものが嘘かもしれない。

あやしい傷がないか確認してみないと。

考えをめぐらせながら、和馬は和室の引き戸をあけた。

「あっ、和馬さん！　あんまりトイレが長いから、もしかして逃げ出したんじゃないかって心配してたんですよ。翠芳さんも一緒ってことは、やることに決めたんですね？」

くるみが一気にまくしたてる。

「こんにちは、くるみさん」

「こんにちは、今日も素敵ですね」

翠芳は驚いて、大きな目を三回ほどしばたたく。

翠芳はこのへんでは一番人気の美僧なのだが、本人に面とむかってそんなことを言う葬儀社の従業員はなかなかいない。

「……それは、どうも」

照れたように微笑む。

翠芳は遺体のそばに正座すると、表情をあらためた。目をつぶって手を合わせる。

「くるみちゃん、冷たいお茶を翠芳さんにおだしして。あ、コーヒーの方がいいな。ロビーの自販機でアイスコーヒーを買ってきてよ」

「アイスコーヒーですか？　いいですけど、珍しいですね」

和馬が小銭を渡すと、くるみはけげんそうな表情をする。

「すみません、お願いします」

「はーい」

翠芳本人に頼まれ、くるみは明るく応じた。

ヒールの音が遠ざかっていくと、和馬と翠芳はうなずきあう。

「それでは手早く、確認させていただきますか」

「そうですね」

和馬は遺体にむかって手を合わせてから、そっと掛け布団をめくった。昔ながらの白い経帷子の死に装束に身を包み、胸の上で手を組んだ上半身があらわれる。

「何してるんですか？」

背後から声をかけられ、和馬は心臓が止まりそうになった。

さっき追い払ったはずの人物の、あっけらかんとした明るい声だ。

和馬はゆっくりと布団を掛け直すと、ひきつった笑顔で後ろをふりむいた。

「ちょっと布団を直していただけだよ。くるみちゃんこそ、その格好は何？」

くるみは両手に自分の黒いパンプスを片方ずつぶらさげていたのである。

「二人の様子がおかしいから、何をしているのか気になって戻ってきたんですよ」

「そ、そう」

和馬がくるみを和室から追い払おうとしたのに勘づいて、ロビーにむかったふりをしておきながら途中で靴を脱ぎ、忍び足で戻って来たらしい。

本当にこの娘はカンが鋭い。鋭すぎて困る。

だが、勘づいたからって、わざわざ靴を脱いでまで戻って来ないのが普通だろう。

和馬は頭を抱えた。

「で、何をしていたんですか？」

「それは、その……」

どう言い訳しても、ばれる気しかしない。

和馬が視線で助けを求めると、翠芳は悟りを開いたような静かな顔でうなずいた。

「本当のことをお話しして、協力してもらった方がいいですよ」

「わかりました」

和馬は観念して、くるみに事情を打ち明けた。

しかし。

「ぜーったいに聞き間違いですよ。でなかったら和馬さんの妄想です。いつも殺人事件の話ばっかり考えてるからそんなふうに思っちゃうんですよ」

くるみはパンプスを手にぶらさげたまま、肩をすくめた。顔には容赦無い失笑がうかんでいる。翠芳とは真逆の反応だ。

「そもそも殺されたっていう証拠が何かあるんですか？」

「ですが逆に、殺されていないという証拠もありませんよね？」

「えっ？」

翠芳に不意をつかれて、くるみは一瞬、うろたえた。

さすがは翠芳である。

やったことよりも、やっていないことの証明の方が難しいのだ。

「うーん、それは……」

くるみはひとさし指を頬にあてようとしたが、まだ自分がパンプスを持っていることに気づいてやめた。

「わかりました、やっちゃってください」

くるみは腹をくくったのだろう。

二人にむかってうなずく。

「じゃ、確認するよ」

「どぞ」

和馬が再び掛け布団に手をのばした瞬間、からりと引き戸があく音がした。

和馬はさっと手をひっこめ、和室の入り口を見る。

そこに立っていたのは、喪服姿のやせた中年男性だった。半分以上が白い短髪はきちんと整えられているが、くすんだ顔色といい、どこかうつろな眼差しといい、ひどく疲れた様子である。

どうやらくるみに邪魔されているうちに、遺族が到着してしまったようだ。おそらくは、通夜の最終打ち合わせをするために早めに来てもらうことになっている喪主だろう。

この真面目そうな男が、実の母親を殺した容疑者の一人なのだ。

緊張と興奮で、和馬の心臓が早鐘をうった。

第二章　実際、母さんはごうつくばばあだった

一

四時二十五分。

喪主には四時半に来てもらうことになっていたが、きっちり五分前に到着したようだ。

おそらく真面目な人なのだろう。

あと一分あれば遺体にあやしい外傷がないか確認できたのに、と、和馬は心の中で地団駄を踏むが、もう遅い。

和馬はつとめて厳粛な表情をつくる。

「ご遺族さまでいらっしゃいますか?」

和馬は立ちあがり、男性のそばに行くと、丁寧に頭をさげた。

「喪主の中原賢太郎です」

男性は低い声で名乗った。

トイレで聞いたのはこんな声だっただろうか。

似ているような気もするが、違うような気もする。

和馬はさりげなく賢太郎を観察した。

あまり顔は似ていないが、賢太郎は貴李子の長男で、中原不動産の社長である。さすがに靴も時計も高級品だ。

しかしまだ四十歳のはずだが、やつれているせいか、老け込んで見える。

母親を亡くしたばかり、いや、それどころか、殺したかもしれないのだから、疲れていても当然か。

「あらためまして、このたびはまことにご愁傷(しゅうしょう)さまでございます。私は元祖まごころ葬儀社の渋井と申します。どうぞよろしくお願い申し上げます」

滅多に使うことのない名刺を喪主にさしだす。

「渋井さんというと、もしかして病院に母の遺体を迎えにいらした渋井さんの……」

「息子です。こちらが宝雪寺のご住職で、葬儀の導師をつとめてくださる梅澤翠芳さんです」

このたびは、と、翠芳もお悔やみの言葉を述べる。

翠芳の先導で、三人は貴李子の遺体に手を合わせた。

「顔、ずいぶんきれいにしていただいたんですね」

貴李子の死に顔に、賢太郎は驚いたようだ。

「うちの宮尾がお化粧を担当させていただきました」

和馬は賢太郎にくるみを紹介した。

「ありがとうございます」

「どういたしまして」

賢太郎に頭をさげられ、くるみは身体の後ろにパンプスをかくして応じる。

「それでは念のため確認させてください」

なぜ父がこの場にいないのか尋ねられたくなかったので、和馬は書類ファイルを開いた。

通常、最終確認に僧侶が同席することはないのだが、いるものは仕方がない。

「本日は納棺の儀、お通夜、通夜振る舞いのみでよいと承っておりますが、変更はございませんか？」

元祖まごころ葬儀社で言うところの、スタンダードコースである。

オプションはまったく選択されておらず、料理も一般的な寿司とオードブルの盛り合わせだけだ。

「ありません」

賢太郎はうなずく。

「お棺も一般的なものでよいとのことでしたので、こちらの桐のお棺をご用意いたしました」

「けっこうです」

桐製の棺桶をちらりと見て、賢太郎は言う。

観音（かんのん）開きの小窓がついていて、そこから遺体の顔を確認することができる以外は、彫刻も模様も何も入っていない、シンプルな棺桶である。

ちなみにオプションで布張りなどのもっとゴージャスな棺桶を選ぶこともできるのだが、それも選択されていない。

中原グループの会長なのだから、最高級の棺桶を選んでも不思議はないところだが、燃やしてしまうものにお金をかけても仕方が無いというところか。

「お通夜の参列者は、ご親族のみ八名とうかがっておりますが」

「はい」

遠方の親戚はみな高齢だし、参列は困難なので連絡していないという。

「それから受付ですが」

「受付は必要ありません。家族以外には知らせていませんから」

「ですが万一、会社関係の方やご近所の方がおみえになった場合、お帰りいただくわけにもいきませんので、念のため、受付はださせてください。香典返しのあまりは返品できますし、受付をだしてもださなくても料金は同じですから」

これは父からの指示である。通常、近親者のみの密葬では受付は設置しないのだが、中原家の大奥様が亡くなったというニュースは、あっという間にメールやSNSで拡散されていくだろうし、取引関係のある会社は必ず葬儀に人をよこすだろうというのだ。

特に首都圏では、通夜にも近親者以外の人が多く参列する傾向にある。

事前にセレモニーホールか元祖まごころ葬儀社に問い合わせてきた人には、葬儀は親族のみでおこなう旨を伝えることになっているが、直接ホールに来てしまう人もけっこういるはずだ。

「わかりました」

あまり気はすすまない様子だったが、賢太郎が同意してくれたので、和馬はほっとした。

ただでさえ犯人捜しをしながらの通夜という難事業なのだ。余計なトラブルは招きたくない。

「納棺の前に、湯灌（ゆかん）をしませんか？」

突然提案したのは、翠芳だった。

「湯灌？」

賢太郎はいぶかしげな表情で問い返す。

「はい。納棺の前に、念のためアルコール消毒をした綿でご遺体を清めておくと、防腐の役に立ちますし、何より、現世での煩悩（ぼんのう）を洗い流し、無事に旅立たれるための助けになると言われています。もちろん今から納棺師さんをおよびするのは難しいと思いますが、遺族のみなさんで簡単に手足を清めてさしあげるだけでも」

さすが翠芳、さらさらと説明する。

湯灌のやり方は地方によって千差万別で、遺族が濡らした綿で手足を拭くだけという簡潔なものから、ちゃんとたらいに逆さ水を用意して全身を洗うもの、中には髪をシャンプーする地方もあるという。

特に「おくりびと」という映画が大ヒットして以来、専門の納棺師をよんで本格的に遺体を美しく整えてから納棺したいという要望がよせられるようになり、元祖まごころ葬儀社でも、ここ十年ほどは湯灌に力を入れている。

もっとも今日、これから納棺師に依頼して通夜までに来てもらうのは、時間的に不可能だが。

やれるとしたら、翠芳が言う通り、遺族が綿で手足を拭くだけの一番簡潔な湯灌だが、なぜいきなりそんな提案をしたのだろう。

「急に言われても、弟たちは納棺の五時ぎりぎりに来ることになっていますから、難しいですね」

喪主の賢太郎は当然、戸惑った様子である。

「今日も厳しい暑さでした。お母さまも納棺前に、せめて手足をさっぱりと拭いてほしいと思っておられるのではないでしょうか。それだけでしたら三分もかかりませんから」

翠芳は品のいい笑みをうかべて、賢太郎の説得を続けた。

どうして翠芳はこんなに湯灌にこだわるのだろう。

なぜ今日に限って……

そこまで考えて和馬ははっとした。

せめて手足だけでも、外傷がないか確認するために決まっているじゃないか。それに首だって、索状痕(さくじょうこん)や斑点があれば見えるだろう。

「ご住職がここまでおっしゃるのですから、湯灌をなさってはいかがでしょうか。手足を清めるだけならすぐにできますし、納棺の儀の一部ということで、基本料金内でおさめさせていただきます」

「そこまで言われるのでしたら……」

和馬と翠芳に熱心にすすめられ、賢太郎はしぶしぶ同意したのであった。

二

四時半をすぎると、遺族たちが次々と青井セレモニーホールの和室に集まってきた。

最初に姿を見せたのは、貴李子の次男の恭二と、その妻の聡美(さとみ)だ。

恭二は中原総合病院の院長で、母の死亡診断書を記入した医師でもある。

兄の賢太郎と違ってぽっちゃりした体型で、髪も黒い。もちろん染めている可能性もあるが。

まわりの様子をうかがっているような、きょときょとした目つきである。

「兄さん、喪主お疲れさま」

恭二が兄にかけたねぎらいの言葉に、和馬は驚愕した。

恭二と賢太郎は顔も身体つきもまったく似ていないのに、なんと声がそっくりなのである。

兄弟とはいえ、こんなことがあるのだろうか。

「このたびはまことにご愁傷さまです」

やわらかな声で頭をさげる。妻の聡美は、中原総合病院の事務長だ。

ウェーブのかかった茶色の髪を後ろでたばね、黒いパンツスーツを着ている。といっても、上着は脱いで小脇に抱え、ハンカチで顔の汗を押さえているが。

いかにもしっかり者といった感じの女性で、喪主の賢太郎はもちろん、翠芳と和馬にも丁寧に挨拶した。

夫婦は似るというが、聡美もぽっちゃりした体型で、背中の形が恭二にそっくりである。

次にあらわれたのは、賢太郎の妻の実可子と二人の子供たちだ。

実可子は背の高い美人で、褐色のショートカットに、ワンピースとボレロのアンサンブルの喪服である。笑顔のかけらもない、ひきしまった口もとのせいか、賢太郎以上に真面目そうな印象をうける。

ただし賢太郎と違って、まったく疲れたりやつれたりしている様子はない。

「どうぞよろしくお願い申し上げます」という挨拶もそこそこに、今日の段取りを確認された。

喪主の妻としてのつとめをきっちりこなさなければ、という気合いがにじんでいるような気がする。

「叔父さまたちにちゃんとご挨拶して」

子供たちに対する口調も、ちょっときつい感じだ。

息子の悠真（ゆうま）が小学四年生、娘の美優（みゆ）が二年生である。

「ばあば眠ってるの？」

美優はまだ祖母の死を理解できていないのだろう。あどけない表情で首をかしげた。

「違うよ、ばあばは死んだんだよ」

悠真はしかつめらしく答えると、祖母に手を合わせた。妹も兄の真似をして、小さな手を合わせる。

大人たちへの挨拶が終わると、二人はきちんと座布団に正座をした。

親戚が集まる場ではしゃぎたがる子供も少なくないが、この子たちはとても行儀がいい。おそらく母親が厳しくしつけているのだろう。

最後に和室に入ってきたのが、三男の拓実（たくみ）だ。年齢はまだ三十二歳と若い。

少し長めの髪といい、顎にたくわえた短い髭（ひげ）といい、兄たちに比べておしゃれな印象をうける。

レストランを一軒まかされているそうなので、それも関係あるかもしれない。

「ああ、葬儀屋さん？　ええと、どうぞよろしく」

右手を差しだされて和馬は驚いた。

遺族から握手を求められたのも初めてだが、それ以上に、なんとこの三男も、兄たちと声がそっくりなのである。

「握手は変だね」

拓実は自分で気づいたらしく、さっと右手をひっこめた。

「真梨奈(まりな)さんは一緒じゃないの？」

実可子の問いに、拓実は苦い顔をする。

「来ませんよ、知らせてませんから」

「あら、どうして？」

「必要ないでしょう。もう離婚は秒読みだし、母さんとは仲悪かったし」

拓実はぷいっと顔をそむけた。

「たしかに、あのごうつくばばあ、って、よく悪態ついてたよね」

恭二が失笑をもらす。

「まあ実際、母さんはごうつくばばあだったけどさ。しかもドケチ。あの遺影で着てるブランドもののスーツだって、リサイクルショップのセール品だろう？」

「おまえたち、本人の前だぞ」

賢太郎が弟たちをたしなめた。

「わかってるよ、化けてでたら怖いもんな」

恭二が丸い肩をすくめる。

和馬はなるべく気配を消して、息子たちの会話を聴いていたのだが、残念ながらそこで話が途切れてしまった。

全員無言で座布団に座り、くるみが用意した麦茶をすすっている。

明らかなことといえば、泣いている親族は一人もいないし、悲しんでいる様子がうかがえるのは孫息子くらいだ。

和馬は時計を確認した。

五時になるし、そろそろ頃合いだな。

「それでは湯灌をはじめさせていただいてよろしいでしょうか？」

喪主の賢太郎の同意を得て、和馬は全員を遺体のそばに集めた。

くるみが急きょ用意したアルコール綿を配る。

「これで遺体を拭くの？」

不審げな顔で和馬に尋ねたのは、拓実だ。

「はい。湯灌という、納棺の前の儀式になります。病院できれいに清拭していただいて、お着替えも、お化粧もすんでいますので、形だけでけっこうです」

「あたしは田舎の祖母が亡くなった時に、湯灌やったことあるわ。あの時はただの濡れた布だったけど」

これは聡美である。

「湯灌のスタイルは地方によってさまざまですから」

「へぇ、そうなんですか」

幸い湯灌に詳しい人も、嫌がる人もいないようだ。

実は和馬自身も湯灌に立ち会ったことはなく、葬儀ハンドブックで読んだだけの知識である。

たいていこの時間、和馬は式場で準備の手伝いをしているか、案内板を持って立つ場所を確認しているかなのだ。

あとは頼んだ、という和馬の視線に、くるみは、はいはい、と、表情で応じた。

「それでは左足からお願いします」

くるみは白い掛け布団をゆっくりめくった。

和馬は布団を押さえるふりをして、素早く遺体をチェックする。

死に装束でおおわれていない手足や首に、傷は見あたらない。

「左足ですね」

賢太郎が左のふくらはぎのあたりを拭くと、翠芳は枕もとで、静かにお経をとなえはじめた。

もちろん翠芳も、そしてくるみも、さりげなく遺体の様子をチェックしているのである。

三人が見守る中、遺族たちは全員で遺体の手足を拭いていく。

「どうぞお袖の下も拭いてさしあげてください」

くるみが経帷子(きょうかたびら)の袖をまくり、ひじから二の腕あたりも拭かせたが、新しい傷やあざはまったくなかった。

「どうしてばあば、鼻に綿をつめてるの？」

「さわっちゃだめよ！」

美優が綿をつつこうとして、母の実可子に鋭くたしなめられる。

さすがに経帷子を脱がせて、腹や背中まで拭かせるわけにはいかないし、これが限界か。

手甲(てこう)と足袋(たび)くらいなら脱がせられないこともないが、手の甲に生命にかかわる重大な傷があるとは考えにくい。もちろん小さな傷口から破傷風や壊疽(えそ)をおこすことはあるだろうが、その場合は死ぬ前に、全身症状がひろがるはずだ。

和馬はあきらめて、使用済みの綿を回収した。

そう簡単に殺人の立証はできないか。

そもそもただちに殺人を疑わせるような傷跡があったら、死に装束に着替えさせたり、布団に寝かせたりする段階で、大騒ぎになっているはずだ。

ほらごらん、といわんばかりの視線をくるみが和馬におくってきた。

いやいや毒殺だったら傷ひとつない遺体でもおかしくない。なにせ三人の容疑者のうち一人は医者なのだから、いろんな薬物を入手できる。

あとは一酸化炭素などによる中毒死もありうるな。

とりあえず、死因がかなり絞り込めた。

捜査は一歩前進だ。

和馬は心の中の推理ノートにつぶやいた。

三

「それではみなさまで、納棺をお願いします」

和馬が言うと、三兄弟が白い布でくるんだ遺体を、布ごと持ち上げた。ゆっくりと棺の中におろす。

「重いな」

拓実がつぶやく。

「人間の身体って死ぬと重くなるんだよ。小柄な人の死体でも、とても一人じゃ運べない」

医師らしく恭二が解説した。

「こんなものかな」

手足をととのえながら、賢太郎が言う。

「三途（さんず）の川を渡るのに必要な六文銭をこちらに入れておきますね」

くるみは一文銭六枚分の絵柄が印刷された紙を遺族たちに見せると、遺体の首にかけられた頭陀袋（ずだぶくろ）に入れた。さすが納棺慣れしている。

「もしお棺に一緒におさめたいものがありましたらどうぞ。ただし燃えるものに限らせていただきます」

くるみの言葉に三人は顔を見合わせた。

「お金かな」

「一万円札？」

「喜びそうだけど、やめておこう。あの世に持って行っても使えないだろうし、六文で十分だ」

三兄弟の言葉に、聡美がプッとふきだし、慌てて自分の口をおさえた。実可子は苦虫をかみつぶしたような顔をしている。

「ばあばはプリンが好きだったよ。プリン、売店にありますか？」

くるみの上着のすそをひっぱったのは、孫の悠真だ。

「プリンは入れられないのよ。クッキーやおせんべいなら大丈夫なんだけど」

水気の多いものは火葬の妨げになるので、棺には入れられないのである。

「え〜、プリンじゃないとだめだよ」

くるみの答えに、悠真は不満そうだ。

「やめなさい。プリンが好きなのはお祖母ちゃんじゃなくて、あなたでしょ」

母親がきつい口調で却下する。

「悠真君、プリン好きなのかい？　今度うちのレストランにおいで。いっぱい食べさせてあげるから」

拓実になぐさめられ、少年の顔がぱっと輝いた。

やっと一件落着だ。

棺の蓋を閉め、通夜をおこなう隣の小ホールに運ぶと、時刻はすでに五時十五分になっていた。

父の予想通り、会社関係者や近所の人らしき参列者が何人かロビーで待っている。今日は大ホールは使わないようなので、こちらの通夜の参列者に間違いない。

「やはり受付は必要そうですね。どなたかお願いできますか？　喪主さまご一家以外の方がいいのですが」

「あたしやります」

立候補してくれた聡美と和馬が、ホールの外に用意した受付に立つことになった。

香典の持ち逃げを防ぐために、必ず元祖まごころ葬儀社のスタッフも一人受付に入れというのが、先々代が定めた鉄の掟（おきて）なのである。

聡美が香典の持ち逃げをするとは思えないが、掟なので仕方がない。

他の遺族たちは、喪主の賢太郎を筆頭に、小ホールに並べた折りたたみ椅子に腰をおろし、通夜の開始を待っている。

和馬が最初に受付で応対した参列者は、なんと地元選出の国会議員、大嶋洋蔵（おおしまようぞう）の秘書だった。

「ご愁傷さまです。本日はどうしてもぬけられない会合があって、弔問にうかがうことができませんが、明日は必ずと代議士が申しております」

「そうですか。義母(はは)も生前、大嶋先生には大変お世話になりました」

聡美は特に驚いた様子もなく、ホールへ案内する。

他にも、地元の名士や取引先の会社の重役などが、次々と受付にあらわれた。母親の死を、遺族以外には知らせていない、と、賢太郎は言ったが、どこからともなく漏れ、広まっているようだ。

しかし父の言いつけ通り、椅子や香典返しを多めに用意しておいて正解だった。

この調子だったら参列者がのべ百人をこえるかもしれないが、焼香をすませた人から順に通夜振る舞いの席に案内すればなんとかなるだろう。

そうこうしているうちに六時となった。

「ただいまより、故中原貴李子さまのお通夜をとりおこなわせていただきます」

くるみが開式と導師の入場をつげると、翠芳が小ホールに入っていった。

ホールの中から翠芳のリズミカルなお経と線香の煙が流れてくる。

さすがにまだ泣いていないようだ。

「明日の告別式には国会議員の大嶋先生がいらっしゃるんですか?」

受付の手があいた隙に、和馬は聡美に尋ねた。

議員秘書が受付にあらわれた時から、セレブ一家の人脈を取材したくて、うずうずしていたのである。

「大嶋先生は義姉(あね)の父なんですよ」

「えっ、そうなんですか」

「たぶん葬儀にかこつけて娘一家の顔を見にくるつもりじゃないかしら。孫たちはもちろん、義兄(あに)のこともお気に入りで、熱心に政界入りをすすめているみたいですよ」

「政界？　でも賢太郎さんは中原グループの後継ぎですよね？」

「中原家には三人も息子がいるんだから、次男か三男に継いでもらえばいいだろうって。無茶言いますよね。もちろん義母は大反対でした」

聡美は丸い顔に苦笑いをうかべた。

「賢太郎さんご本人は、政治に興味がおありなんですか？」

「ないことはないみたいですよ。わりと正義感の強い真面目な人だし、何より、今の日本には君のような志のある者が必要だ、って大嶋先生に煽(あお)られて、その気になってるみたいです。義母が亡くなって止める人がいなくなったから、本当に出馬しちゃうかもしれませんね」

なるほど、故人と長男の間には意見の食い違いがあったということか。

殺人の動機としてはちょっと弱い気もするが、一応、覚えておくことにする。

「もしも賢太郎さんが政界に転身されたら、中原グループは次男の恭二さんがお継ぎになるんですか？」

「全然無理ですよ。夫は根っからの医者で、経営の方はさっぱりですから。病院経営だってそうですよ。採算を度外視して、うちみたいな個人病院には不相応な最新鋭の設備を入れたがるものだから、あたしはいつもやり繰りにてんやわんやです」

中原総合病院の事務長でもある聡美は、ため息交じりの笑みをうかべる。

明るく言っているが、これはかなり本気で困っているのかもしれない。

たとえば、義母の遺産を早急に必要とするくらいには？

中原貴李子の遺産ともなれば、兄弟で三等分したとしても、かなりの巨額になるに違いない。

動機としては、賢太郎よりも恭二の方が強いかもしれないな。

和馬が心の推理ノートに新しい情報を追加した時、他の参列者とはあきらかに雰囲気が違う、華やかな美人が受付にあらわれた。

四

受付にあらわれた女性を見て、聡美が驚いた顔をした。

「まあ、真梨奈さん！」

「遅くなってごめんなさい。拓実が連絡してこないものだから」

ラメ入りのネイルを塗った指で、ウェーブのかかった長い茶髪をかき上げる。

どうやら先ほど話題にのぼっていた拓実の妻が、慌ててかけつけてきたらしい。

まだ二十代半ばだろう。黒いレースのワンピース、細く高いヒールのサンダルに、耳もとでキラキラ揺れる長いピアス。

通夜は正式な喪服でなくてもよいとはいえ、ロングヘアは束ねるべきだし、ワンピースの丈が膝上十センチなのもいかがなものだろう。派手すぎるメイクとネイルは落とす時間がなかったのかもしれないが、せめて揺れるピアスは絶対にはずしてくるべきだった。

和馬は別に参列者がどんな格好をしていようがかまわないが、実可子は間違いなく眉をひそめるに違いない。

「まさかあのごうつくばばあがこんなに早く死ぬとは思わなかったわ。ひょっとして誰かに刺されたの?」

いきなりのストレートな質問に、和馬はヒュウ、と、口笛を吹きそうになった。もちろん我慢したが。

「まさか、そんなわけないでしょ。今朝早く、倒れたのよ。持病のぜんそくの発作が原因で、呼吸不全をおこしたみたい。救急車でうちの病院に運ばれたんだけど、手の施しようがなかったんですって」

聡美は面食らったようだったが、すぐに立て直して、早口で説明した。

しかし死亡診断書には呼吸不全と心不全だけで、ぜんそくによる発作という記述はなかったが。

「へぇ、あんなにスパスパ煙草吸ってたのに、ぜんそくだったんだ。意外にあっけなかったわね」

言いたい放題だ。

さすがに聡美も苦笑いである。

「拓実さんは中よ。せっかく来たんだから、お焼香してあげて」

「はあい」

真梨奈はヒールの音を響かせながらホールに入っていった。

聡美は、ふう、と、息を吐く。

「びっくりされたでしょう？　義妹は悪い娘じゃないんですけど、義母とはうまくいってなかったものですから」

「それでもお通夜にかけつけていらっしゃったのはご立派です」

「そうねぇ」

和馬のいかにも葬儀屋的なコメントに、聡美はあいまいな笑みをうかべた。

我ながらさすがにしらじらしかったかな、と、和馬は反省する。とはいえ「まだ離婚が成立していないことをアピールするために来たんでしょうね」と率直な感想を言うわけにもいかない。

拓実にも遺産ががっぽり入るだろうから、財産分与に上乗せさせるつもりなのだろう。だが離婚が確実であれば、中原家の内情に関してあらいざらいぶちまけてくれる可能性はあるな。

和馬は心の中でにんまりとほくそ笑んだ。

「ところで故人様はぜんそくだったんですか？　ぜんそくで人が亡くなったというのは、昔ならいざ知らず、最近ではあまり聞きませんが」

「実は日本では、今でも、毎年、千人以上の方がぜんそくで亡くなられているんですよ。

そのほとんどが高齢者だそうです」

さすが病院関係者だけあって、聡美は詳しい。

「そうなんですか。でもそんなに重症なのに、入院もなさらず、煙草も吸ってらっしゃったんですか？」

「義母は軽症だったんですよ。まさかこんな急に亡くなるだなんて、あたしもびっくりしました。煙草は止めるよう、夫も常々、言ってたんですけど」

入院させていなかったことを責められたと勘違いしたのか、聡美の口調がちょっと言い訳がましくなる。

だが真梨奈の話からしても、中原貴李子はかなり元気だったようだし、軽症という言葉に嘘はなさそうだ。

やはり病死ではなく他殺だと考える方が自然だろう。

何せこの耳で犯人の独白を聞いたのだから、と、和馬は確信を強める。

真梨奈と入れ違いで、くるみが小ホールからでてきた。

「お通夜は順調にすすんでる？」

聡美に聞かれても別にかまわないのだが、和馬は一応、声をひそめてくるみに尋ねた。

「それが、翠芳さんがまだ泣いてないんですよ。珍しいでしょう？」

「はは、そうか」

さすがに涙もろい翠芳でも、今日は参列者の観察に忙しくて、泣いている場合ではないのだろう。

「他は順調ですよ。今日は参列者がけっこう多いから、四十分くらいですかね」

「諒解」

そうこうしているうちに、通夜振る舞いで軽く飲食をすませた参列者たちが和室からできた。中には赤い顔の人もいる。

その後も通夜の常として、入れかわり立ちかわり参列者が受付にあらわれたが、くるみの読み通り、四十分ほどで翠芳が退場してきた。

なんと軽く涙ぐんでいる。

こんな時にも泣けるとは、さすが翠芳だ。

「お疲れさまです。お席が用意してありますので、お時間があればぜひ」

「はい」

涙をおさえながら翠芳は僧侶控え室に戻っていった。

「噂には聞いていましたけど、宝雪寺の住職さんは本当に心やさしいお方なんですねぇ」

感心したように聡美が言う。

小ホールからは喪主である賢太郎の挨拶が聞こえてきた。葬儀のハンドブックにのっているような、型通りの挨拶である。

「それでは受付も終了しましょうか。片付けはスタッフがいたしますので、このままで大丈夫です」

「あ、はい」

「芳名帳とお香典だけ喪主さまに……」

和馬が言いかけた時、ちょうど小ホールから遺族たちがでてきた。

誰一人泣いていない。

子供たちはずっと行儀よくさせられていて、かなり疲れた様子である。

賢太郎一家と恭二から少しはなれて、拓実と真梨奈がでてきた。

こうして見ると似合いの美男美女カップルなのだが、二人ともむすっとした表情である。

「どうして連絡してこないのよ」「おまえが来る必要ないだろう」というやりとりがあったに違いない。

「お腹すいた」

美優がぼそっともらした。

「さっきの部屋にお寿司が用意してありますよ」

くるみの一言で、少女の顔がぱっと明るくなる。

「ほんと⁉ あたしお寿司大好き」

「じゃあ一緒に食べようか」

真梨奈が美優に笑いかけると、拓実がぎょっとした顔をする。

「おい、帰らない気か」

「別にいいでしょ。あたしもお寿司好きだし」

「真梨奈ちゃん、お寿司一緒に食べよう〜」

姪が真梨奈の手を握ったものだから、拓実も強く言えなくなってしまい、小さく舌打ちした。二人とも子供には甘いらしい。

だが寿司のおかげで、関係者が全員、通夜振る舞いの席に残ることになった。

本格的な聞き込みはこれからだ。

新作のネタをものにするためにも、必ず犯人をつきとめてやるぞ。

めざせ新刊、めざせベストセラー、そのための個人捜査だ。

和馬は気をひきしめた。

第三章　とうとう兄さんが殺(や)ったんだと思った

一

青井セレモニーホールを使う場合、大人数の参列者が予想される通夜では、通常、テーブル席のある広めの洋室を通夜振る舞い用に借りるようすすめる。

しかし今日は、身内だけでこぢんまりとおこなう予定だからと喪主に断られたため、親族控え室兼用の和室に、低い折りたたみテーブルと座布団をぎっちりならべての通夜振る舞いとなった。

ここでも「なにせ中原の大奥様の通夜だ。遺族が連絡しなくても、どこかから聞きつけて来る参列者は百人をこえる可能性がある。ありったけの座布団をならべておけ」という父の読みが正解だったわけだ。

今日は万事がこの調子である。

おかげで参列者たちは、ぎゅうぎゅう詰めになりながらも、座って寿司をつまむことができた。

寿司の良いところは、正確な人数がわからなくても、各テーブルに寿司桶を一つずつと取り皿を置いておけばなんとかなるところだ。オードブル盛り合わせの大皿も同じである。弁当ではこうはいかない。

慣れた派遣スタッフが、帰った人が使ったコップや取り皿をさっさとさげて、新しいものと取り替えてくれる。

遺族たちは、まだ残って飲食をしている一般の参列者たちに挨拶をすると、空いている席に腰をおろした。

拓実が率先して、ビール瓶片手に参列者たちに酌をしてまわる。レストランをまかされているだけあって、慣れた手つきだ。恭二と聡美も拓実に続く。

実可子と真梨奈は子供たちのそばについて、一緒に食べることにしたらしい。

和馬は通夜振る舞いの仕切りをくるみにまかせて、僧侶控え室のドアをノックした。

「どうぞ」

すっかり涙も乾いた翠芳が迎えてくれる。

翠芳は麦茶で喉をうるおしているところだった。長時間の読経で喉が渇いたのだろう。

「お疲れさまでした」

「和馬さんもお疲れさまでした。何かわかりましたか？」

翠芳にすすめられ、和馬も座って、麦茶のお相伴にあずかる。

和馬は早速、主に聡美と真梨奈から入手した情報を翠芳に伝えた。

「なるほど、ぜんそくだったが軽度だった、と」

「あやしさ満載でしょう？」

「そうですね、医学のことはよくわかりませんが、あやしい気配はしますね」

「古典的な手法だと、濡れティッシュを顔に貼り付けても人を窒息死させることはできますからね。もっとも手を押さえつけた痕跡は見られませんでしたから、筋弛緩剤か何かとの併用が必要ですが」

「筋弛緩剤だけでも、十分、人は殺せますよ」

翠芳はいたずらっぽい笑みをうかべる。

さっきまで涙ぐんでいた僧侶はどこへやら。

すっかりミステリー研究会の会長の顔になっている。

「筋弛緩剤か。やっぱり薬物でしょうか？」

「そうですね。冬場だとホームセンターなどで手軽に練炭を購入できますから、一酸化炭素中毒も考えられますが、今の季節は薬物の方が可能性が高いと思います。何より次男の恭二さんは医者ですからね。筋弛緩剤に限らず、さまざまな薬物を入手可能でしょう」

「僕もまったく同意見です」

薬物を使用した殺人は、はっきりした外傷がつかないので、一見、他殺だとわかりづらいが、遺体が解剖にまわされれば、胃の内容物や血液検査から発覚する可能性がある。しかし今回は恭二が自分で死亡診断書に病死と記入したため、遺体が解剖にまわされることはない。

筋弛緩剤でも導眠剤でも使いたい放題だ。

「ただ動機がちょっと弱くて。今のところ考えられるのは、中原総合病院が赤字なので、遺産目当てで殺したのでは、というくらいなのですが」

「それはちょっと違います」

翠芳は首を横にふった。

「中原総合病院は赤字ではなく、大赤字です。前々からお年寄りの間では、院長先生はヤブ医者だという噂があって、みんな行きたがらないんですよね」

「えっ、そうなんですか!?」

「実際にヤブ医者なのかどうかはわかりませんが、そういう噂がたっていることは事実です」

翠芳は詳しく語らないが、どこかの葬儀か法事で聞き込んできたのだろう。あるいは盆暮れの檀家めぐりだろうか。

しかし聡美は設備投資が原因で赤字だと言っていたが、まさかヤブ医者という噂がたっていたとは。

「言われてみれば、聡美さんが、持病のぜんそくが原因だとへんに強調していたのも、妙な感じでした。やはりお金に困った恭二さんが、母親が亡くなるまで待っていられず、薬物で……」

和馬の言葉に、翠芳もうなずく。

「今のところ、その線が一番濃厚かもしれません」

「行きますか、聞き込みに」

二人は目を見交わすと、麦茶を飲みほし、立ちあがった。

和馬と翠芳が密談を終え、通夜振る舞いの席に行くと、一般の参列者たちはもう引きあげた後だった。

二

遺族だけが和室に残って、なごやかに寿司をつまんでいる。

他の参列者たちがいる間は、挨拶やお酌で忙しく、ろくに食べられなかったのだろう。

こうした席では、しばしば、酒癖の悪い人が、香典をやまわけしろと喪主にからんだり、むやみに大騒ぎしたりして困ることもあるのだが、幸い中原家にはそんな人はいないようである。

翠芳の姿を見て、恭二が立ちあがった。

「今日はありがとうございました。心にしみるお経とお話でした」

「おかげで大変良い通夜になりました。母も喜んでいることでしょう」

「明日もよろしくお願いします」

賢太郎と拓実もビールを片手に立ちあがろうとする。

「ああ、どうぞそのままで」

翠芳は手で三兄弟を制すと、賢太郎の隣に座った。

いつもは、よほど熱心に誘われない限り、通夜振る舞いに顔をだしたりはしないのだが、今夜は特別である。

「亡くなられたご母堂さまとは何度かお目にかかったことがありますが、いつもはつらつとしておられました。まさかこんなに早く逝ってしまわれるとは、大変残念です」

しんみりと翠芳が言うと、遺族たちは恐縮した様子で礼を言う。

翠芳の偉いところは、口先だけでなく、本心からそう思い、故人の死を悼んでいるところだ。

むしろ遺族は、妻たちはもちろん、三兄弟でさえ、特に悲しんでいる様子はない。

ただ一人、祖母の死を悲しんでいるようだった悠真は、いつのまにか妹と一緒に、すやすやと寝息を立てて眠っていた。

「母のことをそんなふうに言ってくださるのは、ご住職だけですよ」

愛想のいい恭二が、早速ビールをつぎに、翠芳のそばにやってくる。

恭二は三兄弟の真ん中によくいるタイプの、話したがりで目立ちたがりのようだ。自己主張が弱いと埋没しがちなポジションなので、自然とそうなるのだろう。

中原家の次男坊にうまれていながら、医者という職業を選択したのもそのためかもしれない。

もっとも、病院が大赤字という現状に鑑みれば、実業家にもむいていないようだが。

「今日はずっと立ちっぱなしで、お疲れになったでしょう」

翠芳は聡美に、優しい笑顔をむける。

「あら、じゃあ一杯だけ」

すでに顔が赤くなっている聡美は、少し迷ったようだが、コップに半分ほど残っていたビールをぐいっとあけて、空のコップを両手でさしだした。

翠芳のお酌を断れる女性はなかなかいない。

「このたびは急なことで、さぞ驚かれたでしょうね」

「ええ、まさかこんなことになるなんて、本当にびっくりしました。先週会った時には本当に元気だったんですけど」

「急な葬儀はあれこれ大変ですからね。いろいろ気苦労もおありでしょう」

「実はそうなんです」

翠芳になぐさめられ、聡美はついつい、ビールがすすんでしまう。

実は翠芳は聞き上手の飲ませ上手なのだ。

翠芳の僧衣と笑顔に心をゆるしてしまい、男も女も、つい心の中のもやもやを吐き出してしまうのである。

葬儀社のスタッフである和馬は、もちろんこの会話には参加できないので、ビールの空き瓶をさげたり、小皿をとりかえたり、居酒屋の店員のまねごとをしながらさりげなく聞き耳をたてた。

幸いこの和室は、会食用の洋室と違い、一晩中使うことができる。

最近では、通夜のしきたりにのっとって、遺族が故人に添い寝することは減ってきたが、遠方からきた親戚が宿泊することはあるので、寝具やシャワールームも用意されているのだ。

もっとも今回、三兄弟は市内に住んでいるし、亡くなった母親と最後の夜をすごしたいという雰囲気でもないので、全員帰宅しそうではあるが。

ふと気がつくと、聡美はすっかりできあがっていた。

翠芳にしきりにビールをすすめる一方、自分はぐいぐい手酌で飲んでいる。

「そうなんですよぉ、お義母(かあ)さんにはいつも気をつかって大変でした。同居しているお義姉さんにくらべればどうってことないんでしょうけど、あたしにもそれなりの苦労があったんですよ。でもそれも今日でおしまいだと思うと、正直、ほっとします。これも恭二さんのおかげですねぇ」

「ご主人の？　どうしてです？」

翠芳の問いに、聡美は、実はですね、と、もったいぶって話しはじめた。

「これは看護師から聞いたことなんですけど、今日、お義母さんが心肺停止の状態で運びこまれた時、恭二さんは除細動を一回使っただけで早々にあきらめたんですって。あ、除細動っていうのは電気ショックのことです」

「テレビで見たことあります。バシュッていうやつですね」

「そうそう、バシュッです。自分の母親なんだし、たとえ駄目だと思っても三回、いえ、五回は試してもいいと思いません？　だからあたし、その話を聞いて、恭二さんが遺産ほしさのあまり自分の母親を見殺しにしたんじゃないかってドキドキしちゃいました。絶対内緒ですよぉ」

和室中に聞こえる大声でぶちまけた後、聡美はけらけら笑った。

「王様の耳はロバの耳」ではないが、一人で抱え込むには重すぎる秘密を、誰かに打ち明けたくて仕方がなかったのだろう。

中原総合病院が大赤字で、恭二が金に困っていることさえ知らなければ、酒の席にありがちなブラックジョークですんだかもしれない。だがその場にいる大人たちには周知の事実だったらしく、いっきに気まずい空気が流れる。

「やだ、恭二義兄さん、マジで見殺しにしたの⁉」

追い討ちをかけたのは真梨奈だ。

「聡美さん、あなた飲み過ぎよ」

「平気ですよぉ、このくらい」

実可子がコップを取り上げようとするが、聡美はぎゅっと両手で握ってはなそうとしない。

「お、おれはやってない！」

さすがに黙っていられなくなったのだろう。恭二が、ドン、と、テーブルをこぶしでたたいた。

「そもそも母さんがうちの病院に運ばれてきた時、死後一時間はたってたよ。見殺しもへったくれもあるもんか。あの一回の除細動でさえ、無駄を承知でやったんだ。たとえブラック・ジャックでも母さんの蘇生は不可能だった」

恭二は恭二で、若干目がすわっている。

「みんな、おれが金に困って見殺しにしたとか、ヤブ医者だから助けられなかったとか思ってるんだろう⁉　絶対に違うからな！」

どうやら恭二は、自分がヤブ医者よばわりされていることを知っており、かつ、気にしているようだ。

「兄さん、わかったから落ち着いて。ただの冗談だよ」

「私たちは、おまえが患者を見殺しにするような医者じゃないと知っているから」

拓実と賢太郎があわてて恭二をなだめる。

「たしかに、うちの玄関先にお義母さんが倒れているのを見つけた時、明らかに、もう亡くなっていました。大声で呼びかけても反応がないし、もちろん息はしておらず、揺すろうとしても妙に重くてビクともしなくて」

話しはじめたのは実可子だ。

ということは、第一発見者は実可子なのか。

三

「これは警察に連絡した方がいいのかしら、それとも一応救急車かしらと迷ったんですけど、主人が恭二さんに相談しろと言うから、電話してみたんです。そしたら恭二さんが、すぐに救急車でうちの病院にはこべって。どう見ても蘇生なんてできそうもないわよ、と言ったんですけど。でもこんなことになるなら、やっぱり警察の方がよかったかもしれないわ」

　実可子は遺体を発見した時の状況を、淡々と説明した。

　たしかに警察をよんでおけば、恭二があらぬ疑いをかけられることもなかったに違いない。

「義姉さんが責任を感じることはないわよ。恭二義兄さんが自分でそうするように言ったんだもの」

　真梨奈は肩をすくめた。

「恭二義兄さんも自分の病院にはこべなんて言わなきゃよかったのよね。まさか本当に、万が一にも他の病院で蘇生されたら困るって思ってたの？　お義母さんのこと、いつも、ごうつくばばあってよんでたし、毛嫌いしてたもんね」

　真梨奈の告発に、全員の視線が恭二に集まる。

「……恭二、まさかおまえ、本当に？」

　賢太郎がかすれ声をしぼりだした。

「だから違うよ！　たしかにおれは母さんのこと嫌いだったし、今でも嫌いだけど、それは全然関係ない。おれは兄さんのために、うちの病院に遺体をはこばせたんだよ！」

「おれのため？　どういうことだ？」

けげんそうに首をひねる賢太郎の顔を、恭二は上目使いで見る。

「だって……おれ、母さんが死んでるって聞いた時、とうとう兄さんが殺ったんだって思ったんだ……」

「はあ？」

賢太郎は口をあんぐりあけた。

「義姉さんからの電話じゃ遺体の状況とかよくわからなかったけど、警察をよんだりしたら、絶対に検視や解剖にまわされる。そうしたら兄さんの犯行がばれてしまうかもしれない、それだけは避けないとって思って。うちの病院で死亡を確認すれば、おれが無難な死亡診断書をだせるし、警察にばれる心配もないだろう？」

恭二は母を見殺しにするためではなく、兄の犯罪を隠蔽するために、母を中原総合病院にはこばせたのか。

まったく予想外の恭二の反撃に、賢太郎本人はもちろん、その場の全員があっけにとられている。

「恭二、おまえ、いったいどこからそんなばかな考えを思いついたんだ？」

せっかく兄のためを思ってしたことなのに、ばかな考えと言われてしまって、恭二はカッとしたのだろう。

頭に血がのぼったのか、酒がまわったせいか、真っ赤な顔で両手の拳をプルプルとふるわせる。

「だって兄さんは、母さんと義姉さんの板挟みからくるストレスで、十二指腸潰瘍になっちゃって、ひそかにうちの病院で治療をうけてるじゃないか」

「恭二！」

いきなり秘密を暴露され、賢太郎は慌てふためいた。

だが、時すでに遅し。

「そうなんですか？」

「えっ、あ、いや……」

実可子に問いただされ、賢太郎は言葉につまる。

「どうしてあたしに言ってくれなかったんです!?」

「心配かけちゃいけないと思ったんだよ」

「だからって！」

そんなふうにきつい口調で言われるから、十二指腸潰瘍になっちゃうんじゃないのかな、と、和馬は思う。

「いや、たしかに十二指腸潰瘍をわずらってはいるけど、母さんを殺したりはしないよ」

「でも母さんと兄さんは一緒に住んでたわけだし、その気になれば、食事に一服盛るチャンスなんていくらでもあっただろう？」

真っ赤な顔で目のすわった恭二が、兄を追及した。

ほんの一瞬とはいえ、母を見殺しにしたのではと疑われたのが、よほどくやしかったらしい。

「一服って、そもそも毒なんかどうやって手に入れるというんだ。医者のおまえならいろんな薬を手に入れられるのかもしれないが、私には到底不可能だ」

「そうかしら？　いまどきはお金さえ払えば、たいていのものがネット通販で買えますよ？　青酸カリはさすがに難しいと思うけど、致死量の覚醒剤くらいなら買えるんじゃないかな」

真梨奈である。

黙ってなりゆきを見守っていた和馬と翠芳は、ちらりと目配せを交わした。

たしかにこうなると、恭二よりも賢太郎の方があやしいかもしれない。

方針転換しよう。

「ネット通販なんてしていないから！」

「まあまあ賢太郎さん、あなたがそんな人じゃないことは、みんなわかってますよ」

翠芳は賢太郎にビールをすすめようとした。

酔っ払わせて口を割らせる作戦、第二弾である。

ところがこの作戦は、あっという間に頓挫してしまった。

「ありがとうございます、でも明日もありますから」

賢太郎は、いつの間にか、ビールからウーロン茶にシフトしていたのである。

「まだ八時前ですよ？　ウーロン茶は早すぎませんか？」

「先ほど弟に暴露されてしまいましたが、実は十二指腸潰瘍なので、あまり飲めないんです」

賢太郎は疲れた顔に、自嘲気味の笑みをうかべる。

「ああ、そうでしたね、これは失礼しました」

「私のことは気にせず、召し上がってください。それともチューハイか日本酒にしますか？」

そう言われても、気になるに決まっている。

しかしここで引き下がっては、犯人捜しが行き詰まってしまう。

がんばれ、翠芳さま！　いや梅澤先輩！

和馬は机を拭きながら、心の中でエールを送った。

「私も何度か胃潰瘍になったことがあるのですが、十二指腸潰瘍も痛いんでしょうね？」

「ええ、まあ」

「原因は弟さんが言っておられた通り、お母さまのことがストレスで？」

翠芳はさりげなく本題に戻そうとする。

「厳密に言うと、胃潰瘍と同じで、十二指腸潰瘍の原因はピロリ菌らしいですよ」

だが賢太郎は、これ以上、母の話をしたくないらしい。

「ああ、ピロリ菌ですか」

「原因はピロリ菌でも、症状を悪化させるのはストレスだよ」

二人の会話に割って入ったのは恭二だ。

さっきから目はすわっていたが、今はさらに、血走っている。

「兄さんは優しいから、いつも母さんに気をつかってばかりでさ。仕事だって本当は不動産屋なんかやりたくなかったんだろ？　そもそも金儲け自体が好きじゃないもんな。結婚相手だって国会議員の娘を母さんに押しつけられて、今度はその嫁と母さんの間で板挟みになっちゃうんだからふんだりけったりだよ、かわいそうに」

恭二は声をひそめたつもりだったかもしれないが、実可子の肩がピクリと揺れたのを和馬は見てしまった。

だが実可子は決してこちらを振り向こうとしない。

実可子はいったいどんな表情をして、何を考えているのだろうか。

想像するだけで恐ろしい。

和馬の背中を冷や汗が流れた。

四

もちろん賢太郎もまずいと思ったのだろう。

「恭二、おまえ本当に飲みすぎだぞ」

恭二をたしなめたが、酔っ払いの耳には届かない。

「おれが母さんに反発して医者になりたいって言った時も、研修先の大学病院で知り合った聡美と結婚した時も、勘当するって大激怒した母さんを説得してくれたのは、賢太郎兄さんだった。だからおれは、もし兄さんが母さんを殺したとしても、かばい通そうって決めてたんだ」

「いや、殺してなんかないから」

「大丈夫だ、兄さん、明日遺体が火葬されてしまえば、もう証拠は何も残らない。警察や保険屋に何か聞かれたとしても、病死でおれが押し通すから安心してくれ」

核心きた！

やはり貴李子は、病死ではなかったのだ。

それを恭二が、兄のために、虚偽の死亡診断書をでっちあげたのだ。

こうなると、貴李子がぜんそくだったという前提自体があやしくないか？

和馬はこっそり、翠芳と視線を交わしあう。

「いいかげんにしろ。さっきからおまえはいったい、何を言ってるんだ！」

賢太郎はへべれけに酔っ払った恭二を、強い口調でいさめた。

しかし聞きようによっては、恭二を黙らせようとしているようでもある。

「何せ母さんのごうつくばりぶりは有名だったから、さ。葬儀屋さんだって聞いたことあるだろう？」

「えっ⁉」

急に話に巻き込まれて、和馬はびっくりした。

もちろん、青井市民なら知らぬ者はないというくらい有名な話だが、元祖まごころ葬儀社のアルバイトとしては、しらを切るしかない。

「いったい何の話ですか？」

「つまらない小芝居はいいから。聞こえてただろ、おれたちの話」

とりあえずしらを切ってみたのだが、恭二をいらつかせただけのようだ。

「ええと……まあ、その、大奥様というか、青井信用金庫から融資をうけたら、取り立てがかなり厳しいから気をつけろという話は、小耳にはさんだことがありますが」

「あー、そうそう、青井信用金庫を仕切っていたのは母さんだからね。闇金で借りた方がましだったっていうくらい、えげつない取り立てをしてたんじゃないかな。回収する方も必死だからね。こげつきがでると、すぐ配置転換したりリストラしたり、部下にも容赦ないんだよ」

「そうなんですか……」

そこまでは聞いていなかったので、和馬は顔をひきつらせた。

闇金の方がましな取り立てというのは、いったいどういうやり方だろう。

臓器を売るよう強要されたりするのだろうか。

「ただし顔のいい若い男にだけは甘かったな。先週も、どう見ても三十前の若い男と堂々とホテルのロビーでいちゃついているのを見かけて反吐がでそうだったよ」

実は和馬も、貴李子が若い男性と連れだってレストランに入って行くのを見かけたことが何度かある。

小柄でかわいらしい、品の良いスーツに身を包んだ美青年だった。

はるかに年下のツバメがいるというのは、あまりほめられたことではないが、貴李子は夫にさきだたれて三十年近くたつ正真正銘の独身女性なのだから、問題ないといえばない。

とはいえ、息子たちにとっては、さぞかし不愉快で頭の痛いことだろう。

賢太郎も苦い顔をしている。

「ついでに言えば、実家にある骨董品は、ほぼほぼ借金のカタに巻き上げたものなんだよ。先祖代々の家宝だから返してくださいって、土下座して頼みに来た人もいたけど、金を借りる方が悪いって追い返してた。そんなのよく自分の家に飾れるよね」

「母さんとしては戦利品を飾ってるくらいの気分だったんじゃないかな。違法じゃないよ。ひどい悪趣味だけど」

それまでずっと和室の隅で真梨奈とぼそぼそ話していた拓実が、母をかばっているような、いないような、微妙な発言をした。

「そうだ、拓実、おまえのレストランも経常利益が右肩下がりだから、そろそろ支配人を解任されるんじゃないかって噂をきいたぞ？」

恭二は、プハッと、酒臭い息を吐く。

「恭二兄さんには関係ないだろ。ほっといてくれ」

拓実はムッとした様子で答えると、コップにビールをつぎたした。

どうやら解任の噂は本当らしい。

「本当なの!?　じゃあたまたま今日、ごうつくばばあが死んでくれてラッキーだったじゃない」

みもふたもないことを言ったのは真梨奈である。

受付での言動といい、真梨奈は心底、貴李子を嫌っているらしい。

それにしても、大赤字の病院院長である恭二ではなく、拓実の方が崖っぷちに立たされていたというのは意外である。

拓実本人も不本意だったに違いない。

十二指腸潰瘍を患うほど母の存在がストレスだったという賢太郎も含めて、三人とも、母が死んでくれてほっとしているということだろうか。

だめだ、結局、話がふりだしに戻ってしまっている。

今のところ、いつでも食事に一服盛れる賢太郎が最有力ではあるが。

「そういえば今日、大嶋先生の秘書の方が弔問にいらっしゃってびっくりしました。明日は大嶋先生ご自身がおみえになるそうですね」

「家内の父なので」

賢太郎は言葉少なに答える。

「お舅さんが国会議員というのはどういう気分ですか？　やはりいろいろ気をつかいますか？」

和馬としては、さりげなく母と妻の板挟みストレス問題へ話題を誘導していき、いろいろ聞きだせればという思惑だった。

だが、そんな和馬の意図を察したかのように、突然、爆弾発言をしたのは実可子である。

「今、思い出したんですけど、拓実さん、今日の朝五時頃、うちにいらっしゃいませんでした？　たまたま一度トイレにおきた時、拓実さんの車によく似た、黄色いスポーツカーを二階の窓から見かけたんですけど」

「実可子⁉」

賢太郎が顔色をかえた。

「拓実のスポーツカーって、去年買ったロードスターのことですか？」

真梨奈が実可子に問い返す。

「そうそう、ロードスターっていったわね。あの車高が低くて小さな車」

実可子はずいぶんはっきりと目撃したようだ。

今思いだした、と言ったが、それは嘘で、実はいざという時の切り札として隠し持っていたのかもしれない。

さすがは政治家の娘、ここぞという時にカードを切ってきたということか。

「義姉さんの見間違いですよ」

拓実は肩をすくめた。

「そうかしら。うちの近所で黄色いロードスターに乗ってる人なんて、あなた以外に見たことないけど」

「たしかに実可子の言う通りだ。ロードスターに限らず、黄色いスポーツカー自体、うちの近所では全然見かけない。もしかして私に何か急ぎの用があったのか？」

賢太郎の問いに答えたのは、真梨奈である。

「拓実はいつも朝八時すぎまで寝てるんですよ。よほどのことがない限り、五時なんてそんな朝っぱらからおきているはずがありません」

「よほどのことがあったのかもしれませんね」

翠芳が穏やかな口調で言う。

「えっ？」

翠芳が、いや、もともとは実可子が投じた小石は、真梨奈には理解されなかったが、賢太郎と恭二の顔色をかえるには十分だった。

「拓実、おまえ、まさか、母さんを殺したのか……？」

恭二の問いに、拓実は目をそらしたのだった。

第四章　僕が母さんを殺したんだ

一

中原三兄弟の末っ子、拓実は、中原貴李子殺人事件からもっとも遠い容疑者だった。

ほんの数分前に、実は彼にも動機があることが明らかになったが、それでも、死亡診断書を偽造した恭二や、いつでも一服盛れる立場にあった賢太郎に比べれば、拓実が犯人である可能性はきわめて低いと推理していたのだ。

少なくとも和馬は。

もし本当に拓実が犯人だったら、ミステリー作家としての自分の立場はいったい。

くるみの嘲笑が目にうかぶ。

だが腐っても自分はミステリー作家。

真実を探求せずにはいられない。

新刊のネタを手に入れるために。できれば素晴らしいトリックであってくれ。

「待ってください。たまたま拓実さんの車が朝五時に中原家の近くを通ったからと言って、運転していたのが拓実さんとは限りません。実可子さん、運転席の人物の顔までは見てないんですよね？」

「見てませんけど、でも、運転していたのは拓実さんに間違いありません。だって拓実さん、他の人に車を貸しませんもの」

なんでも拓実は愛車にピヨちゃんと名付けて、手入れに余念がないのだという。

「そうそう、あたしが助手席に乗る時も、靴を脱いでスリッパに履きかえろって言われたわ。思えばあの頃から離婚の二文字が目の前にチラチラしはじめたのよね」

真梨奈がうんざりした様子で言った。

拓実は否定も肯定もしないが、否定しないということは、やはり拓実が運転していたのだろう。

「わかりました。拓実さんが運転していたことに間違いないとして、たまたま午前五時に、中原家の近くを通り過ぎただけかもしれませんよね？」

「葬儀屋さん、あなたうちにいらしたことがないのね」

実可子がフッと謎の笑みをうかべる。

「ありませんが……」

「和馬さん、中原家は国道から奥まったところにあるんですよ」

翠芳が携帯電話の画面に、マップを表示して見せてくれた。

「この国道からのびた私道があるでしょう？」

「梨畑の間を通り抜ける農道ですか？」

「つきあたりに一軒だけ家があるの、わかりますか？」

和馬は二本の指でマップを拡大した。

まさかと思い、ストリートビュー画面に切り替える。

個人宅にしては大きすぎる洋館。

そして樹木や草が生い茂った広大な庭。これはいわゆるイングリッシュガーデンというやつだろうか。

庭の奥にある犬小屋すらも、立派な窓つきだ。

「つまりこの道は、中原家のための専用道路なんですか？　そして、中原家に用事がある人しか使わない……」

「ご理解いただけたようね」

実可子は鷹揚にうなずいた。

「でも、まだ、大奥様に会ったという証拠はありません」

「義母以外の誰に用があって、午前五時に来たというの？　私も夫も拓実さんには会ってないわ。子供たちはもちろんまだ寝ている時間よ」

「ええと……」

「他に何か質問は？」

実可子は勝ち誇ったように和馬を見下ろした。

これではどちらが探偵役かわからない。

やっぱり自分はミステリー作家にはむいていないのか⁉

「もういい！　やめてくれ！　僕が……僕が母さんを殺したんだ……」

いたたまれなくなったのだろう。

ついに拓実が自白した。

はらはらと涙がこぼれおちる。

「拓実……！」

驚いて兄たちがかけよった。

「恭二兄さんが言った通りだよ。もしレストランの経営が今月持ち直さなかったら、即座に解任するって、前々から母さんに言われてたんだ。それで自分なりに、一所懸命、頑張ったよ。でも夏場なんて、どこのレストランも客足が遠のく時だし、焼け石に水で……。せめてあと二ヶ月、九月末まで待ってくれって、母さんに頼もうと思ったんだ」

「わかるよ拓実、経営っていうのは、いくら頑張っても、どうにもならない時もあるよ」

大赤字をかかえる病院の院長が、しみじみと同意する。

弟の衝撃的な告白で、いっきに酔いがさめたようだ。

「それで、ここ数日、母さんに会って話したいって何度も電話したんだけど、忙しいの一点張りでさ。しまいには僕からの電話を、秘書が取りついでくれなくなっちゃったんだ。もちろん母さんの命令だよ……」

「それで家まで会いに行ったのか」

「うん。母さん、毎朝五時には、犬の散歩にでかけるって知ってたから。その時なら二人きりで話せると思って」

「だが交渉は決裂したんだな？」

恭二が尋ねると、拓実は頭を左右に振った。

「違うよ、僕が行った時、母さんはもう、家の前で倒れてたんだ」

「は？」

「すごい形相だった。一目でもう死んでるってわかったよ。昔から母さんを恨んでる人はいっぱいいたから、とうとう殺されたんだと思った。変に顔が腫れてたし。リードをつけた犬が困った顔して、母さんのまわりをぐるぐる歩いてたよ」

拓実は自分の頭を両手でかかえこんだ。

「どうして警察か消防に通報しなかったんだ？」

賢太郎のもっともな問いに、拓実は頭をはげしく左右にふる。

「パニックになっちゃって、まずい、今すぐここから逃げなきゃ、って思ってしまったんだ。ほら、よく、第一発見者が一番疑われるって言うじゃないか。このまえレストランのお客さんが、たまたま飛び降り自殺の遺体を発見して警察に通報したら、すごく厳しく追及されたって言ってたんだ。ましてや僕が母さんの遺体を発見して通報したりしたら、支配人を解任されるのが嫌で殺したって疑われるに違いないって思ったんだよ。実際、今、みんなもそう思っただろ⁉」

「そんなことは……」

賢太郎は口では否定しながらも、さりげなく視線をそらした。

さっきからうたた寝をしている子供たちをのぞき、全員が、賢太郎にならう。

「特に真梨奈、君は一応まだ僕の妻でありながら、一番疑ってたよね」

「だって拓実はいつも、お母さんの悪口ばっかり言ってたじゃない。授業参観に一度も来てくれなかったとか、土日もゴルフばっかりしてたとか、あとは、ご飯は出前のピザばっかりだったとか、運動会のお昼ご飯がほか弁だったとか、誕生日のケーキを予約するのを忘れて買いそびれたとか、やたら食べ物の不満が多かったけど」

「だからうちのレストランでは、とびきりおいしいお子様ランチをだすようにしてるんだよ！」

お子様ランチという言葉に反応して、悠真がぱっと目をさました。

「拓実おじさんのスペシャルお子様ランチ！　食べたい！」

「今日はもうお寿司食べたから、また今度な」

「約束だよ〜」

幸せそうな顔で、悠真は再び眠りにおちたのであった。

二

無邪気な少年のおかげで、はりつめた空気がなごんだのを機に、翠芳は、ちょっと失礼、と、席をはずした。

翠芳が立ち上がった時に、自分のことをちらりと見たような気がしたので、さりげなく和馬も後を追う。

廊下の角を曲がると、案の定、翠芳は、携帯電話を片手に待ち構えていた。

「ちょうど今、和馬さんにメールを送ろうとしていたところです」

「明日の確認ですね。導師さまの控え室でもかまいませんか？」

「え？　ああ、もちろんです」

翠芳は一瞬、けげんそうな顔をしたが、すぐに和馬の意図を察してくれた。

なにせこの廊下では、誰に立ち聞きされるかわかったものではない。

和馬は僧侶控え室のドアを閉めると、ふう、と、大きく息を吐き、念のため鍵をかけた。

これで遺族やスタッフはもちろん、くるみにも邪魔されることはない。

「窓をあけてもかまいませんか？　暑いわけではないのですが、ちょっと空気の入れかえをしたくて」

翠芳に尋ねられ、和馬はもちろんです、と、答えた。

エアコンはきいているのだが、外の空気を吸いたい気分はよくわかる。

窓を全開にすると、ここちよい夜風とともに蟬(せみ)の声が流れこんできた。

青井セレモニーホールの周辺は住宅街で、窓明かりがともっているが、この時間は静かなものである。

たしかこの窓からは月が見えるはずだが、今日はまだのぼっていないようだ。

翠芳は目を閉じると、大きく息を吸いこんだ。

「ありがとうございます、新鮮な空気のおかげでリフレッシュできました。和馬さんもお茶をどうぞ」

翠芳の許しをもらって、和馬は座布団の上にあぐらをかいた。

第二回捜査会議である。

「なんだか、随分ややこしいことになってますね、中原家。まさか恭二さんだけでなく、三兄弟全員に動機があるとは……」

「ここで一度、事実を整理してみましょうか」

翠芳の提案に、和馬はうなずいた。

「とりあえず、誰も嘘をついていないと仮定すれば」

和馬は前置きして、記憶を頼りに話しはじめる。

拓実は直談判をするために、午前五時に中原家の前まで行ったが、その時すでに貴李子は亡くなっていた。しかし自分が疑われるのを恐れて、救急車をよばず、逃げ帰ってしまう。

六時すぎに、今度は実可子が貴李子の遺体を発見した。実可子は救急車をよぶか警察をよぶか迷ったが、中原総合病院へすぐに連れてくるよう、恭二が電話で指示したため、蘇生できないのを承知で救急車をよんだ。

渋滞するような時間帯でもないし、遅くとも六時半には、貴李子は中原総合病院へ搬送されたはずである。

恭二は無駄を承知で、一応、蘇生処置を試みたものの、早々にあきらめた。

この時恭二は、十二指腸潰瘍になるほど嫁姑の不仲に悩む賢太郎が、母親の食事に毒を盛ったに違いないと思ったが、あえて兄をかばうつもりで、ぜんそくが原因の病死という虚偽の死亡診断書をだしたのである……。

「ざっくりまとめると、こんなところでしょうか？」

「さすが作家さん、わかりやすいまとめをありがとうございます」

「えっ、まあ、それほどでも」

翠芳こと梅澤先輩にほめられ、和馬は照れて、寝癖のついた頭をかく。

翠芳は麦茶の入った湯呑みを座卓の上におくと、ふむ、と、両手を組み、十秒ほど考えをめぐらせた。

「和馬さん、我々はさきほどまで、遺体に外傷がないことから、薬物を使用した他殺を疑っていました。そして薬物を入手しやすい立場にあり、かつ、死因を病死と偽ることが唯一可能な恭二さんが、もっとも怪しいのではないか、と。しかし、こうして事実を整理してみると……」

「一番怪しい行動をとっているのは、どう見ても拓実さんですね」

和馬が言うと、翠芳もうなずく。

なにせ第一発見者でありながら、自分が疑われるのを恐れ、救急車をよばなかったというのだ。

「しかしその一方で、もっとも一服盛りやすい立場にあったのは、同居している賢太郎さんです」

真梨奈も言っていたが、ネット通販で違法な薬物や毒物を手に入れることはできる。いわゆる闇サイトでの購入になるため、かなりの高額であることは想像にかたくないが、賢太郎なら払えるだろう。

ただ、ネットで薬物や凶器を購入した場合、パソコンなどの履歴から足がつきやすいという重大な欠点がある。

ちょっと考えればわかることだが、十二指腸潰瘍を患うくらい精神的に追いつめられた結果、闇サイトに手をだしてしまったのだろうか。

「では、拓実さんが毒物を混入したコーヒーなどを持参して、大奥様にすすめたというのはどうでしょう？」

想像力豊かなミステリー作家の問いに、翠芳は、うーん、と、しばし考え込んだ。

「そうですね……。毒入りのコーヒーを飲ませた可能性も、ゼロではありませんが、そんな不確実な方法をとるくらいなら、刺殺か撲殺の方が、はるかに手っ取り早く、確実ではないでしょうか？」

「たしかに……」

梅澤会長の鋭い指摘に、和馬は同意せざるをえなかった。

よほど強い毒物を使うのでなければ、吐き出されて失敗に終わる可能性がある。拓実が毒物を使用するメリットは少ない。

なにせ拓実は、解任を阻止するために、早急かつ確実に貴李子を殺さねばならないのである。

「となると、犯人にもっとも近いのは、賢太郎さんという結論になりますか？」

和馬はおそるおそる梅澤会長にお伺いをたてた。

残念ながら自信はまったくない。

「今のところ判明している事実を積み重ねていくとそうなります。しかし、その場合、拓実さんのあの一言はいったいなんだったのかという謎が残りますが」

「あの一言ですよね、僕が母さんを殺した、っていう」

中原家の人々の証言をどこまで信じていいのだろうか。

なにせ全員、利害関係がある上に、酔っ払いなのである。

「まずはあの一言の真意を確認してみましょうか」

第二回捜査会議は、結論がでたような、でなかったような、中途半端な終わり方をしたのであった。

三

翠芳と和馬はわざと少し時間をずらし、何食わぬ顔で通夜振る舞いの席に戻った。

「やっと戻って来たわね、葬儀屋さん。なかなか戻ってこないから、警察でもよびに行ったんじゃないかって話していたところよ」

赤い顔の聡美が言うと、鋭い視線が和馬に集中する。

言った本人は酔っ払いだし、ただの冗談のつもりだろうが、一気に和室の空気がはりつめた。

「そんな、まさか。明日の段取りの確認をしていただけですよ」

和馬は慌てて否定する。

「まあ、拓実さんが、僕が母さんを殺したっておっしゃった時にはかなり焦りましたが。なにせ葬儀が中止になるのが、うちとしては一番困りますからね」

和馬は一応、ジョークのつもりだったのだが、残念ながら、誰一人笑ってくれなかった。

翠芳も困り顔だ。

腕時計の針は、すでに八時半近くをさしている。

遅くとも九時には通夜振る舞いを終了せねばならないので、もう残り時間は少ない。

なんとか情報を引きださねば、と、和馬は焦った。

もういい。こうなったらはっきりきこう。

「あの、拓実さん」

「なんだい？」

「話をむしかえして恐縮ですが、朝五時に中原家の前まで行ったら、もうお母様が倒れて、亡くなられていたんですよね？」

室内がしんと静まり返った。

「そうだよ」

「どうして最初に、母さんを殺したなんて言われたんですか?」

「その話か」

拓実は目を伏せて、ビールをひとくち、喉にそそぎこんだ。

「そうよ、拓実が自分で言ったから、あたしも信じちゃったじゃない。いったいどういうつもりなの?」

「だから、さっきも言った通り、あの時は……」

真梨奈の援護のおかげもあって、拓実はぽつぽつと話しだす。

「てっきり母さんが殺されたって思って、パニックをおこして、逃げだしてしまったんだ。車を走らせながら、大丈夫、僕が通報しなくても、早起きの賢太郎兄さんが新聞をとりに家から出てきて、母さんを見つけるはずだって、自分に言い訳してた。でも結局、義姉さんが母さんを見つけたのって、六時すぎだったんだよね? もし僕がすぐに救急車をよんで、蘇生措置をしてもらえば、生き返ったかもしれないだろう? 僕が逃げだしたりしなければ……。僕の、僕のせいで、母さんは……」

拓実はうめくように言うと、再び泣きだしてしまった。大粒の涙が、頬をつたい、ぽろぽろと流れ落ちる。

「僕は母さんのことは全然好きじゃなかったけど、でも、殺したいって思ったことは一度もないよ。僕は最低だ……」

「なんだかんだ言って、母さんは拓実には甘かったからな」

恭二はゆっくりと拓実の背中をさすって、落ち着かせようとする。

「そんなことないよ。いつも怒鳴られてばかりだった」

「いやいや、大学も結婚相手もおまえの希望通りだったじゃないか。レストランだって、おまえが希望して支配人をやらせてもらっただろう？　賢太郎兄さんなんか、大学も結婚相手も就職先も、全部母さんに決められたんだぜ」

「それはだって、賢太郎兄さんは中原グループの後継者だし、もともと優秀だったから、母さんにいっぱい期待されちゃったんだよ。その点僕は、小学生の時から鳴かず飛ばずで、何年浪人しようと、兄さんたちみたいに難しい大学へは合格しそうになかったから、とりあえず入れればどこでもいいって……」

愚痴と後悔の涙で、拓実のおしゃれな黒いスーツの胸もとは、すっかりびしょびしょになってしまった。

やっぱり今夜も泣き上戸が一人いたか。

和馬はこっそり苦笑した。

「すまなかった、拓実、おまえのことを疑ったりして」

賢太郎が頭をさげる。

「僕が自分で言ったんだから仕方ないよ。気にしないで」

「違うんだ。実は、今朝からずっとおまえのことを疑っていた。だから、なるべく早く遺体を火葬してもらわないと、と、思って、葬儀社さんに、今日中の通夜と明日の告別式にしてくれと頼んだんだ。明日だと松戸の斎場しかあいていないから、印西の斎場より若干遠くなるし高くつくと言われたが、かまわないと押し切って」

今朝亡くなったばかりなのに、今夜が通夜で、明日が葬儀というのはずいぶん急だなと思っていたが、そういうことだったのか。

しかし、いきなり明日、葬儀をやりたいと言われても、特に夏冬は火葬場の予約がいっぱいでとれないことが多い。間に友引が入ってしまうと、三、四日待たされることもある。

明日の予約がとれたのは、むしろかなりの幸運だ。

それにしても、恭二は賢太郎の犯行だと思い、解剖にまわさせないために死亡診断書を自分で書いたと言っていた。ところが賢太郎の方は、拓実の犯行だと思っていたというのである。

「どうして今朝からずっと？　ああ、兄さんも、僕の車を見たのか」

「いや、直接自分で見たわけじゃなくて、おまえが逃げていくところを見た、と、実可子から聞いたんだ」

「義姉さんから？　兄さんいつもすごく早起きだから、てっきり自分で見たのかと」

「パパは今週はおうちに帰ってないんだよ」

暴露したのは、眠っていたはずの美優だった。

実可子の顔がこわばり、賢太郎の顔が蒼ざめる。

「兄さん、今のは、出張とかそういうことだよね……⁉」

とっさに恭二がフォローしようとするが、賢太郎と実可子の表情がそうではないことを物語っていた。

「ママ、トイレ～」

賢太郎が答える前に、ねぼけまなこで目をこすっている娘を連れて、実可子は和室からでていってしまう。

「ごめん、兄さん、僕が余計な事を聞いたばっかりに……。本当に僕はだめな奴だ……ううっ……」

拓実がまためそめそ泣きながら、賢太郎に謝る。

「いや本当に、まさか兄さんが、うわ……」

恭二が浮気、と、言おうとしたのを、聡美が袖をひっぱって止めた。

聡美もへべれけに酔っ払っているが、甥っ子が目をしょぼしょぼさせているのに気がついたのである。

今の話を聞かれただろうか？

全員息をこらして少年を見つめるが、幸い、再び眠りに落ちていった。

「浮気じゃない。母さんと実可子がピリピリしている家に帰るのが辛くて、会議室のソファで寝ているだけだ。十二指腸潰瘍も全然なおらないし……」

息子をおこさぬよう、声をひそめて賢太郎は説明する。

「会議室？　せめて駅前のホテルをとればいいのに。うちの系列だから社割きくだろ？」

「市内のホテルなんかとったら、それこそ青井市じゅうに、あらぬ噂が広まるに決まってるじゃないか」

「青井は狭いからね……」

洟をすすりながら、気の毒そうに拓実がうなずく。

「おかげで仕事ははかどってるよ」

賢太郎は疲れた顔に、弱々しい笑みをうかべた。

「だから恭二が疑っていたように、食事に一服盛って母さんを毒殺することもできないんだ。今日礼服をとりに帰ったのが、一週間ぶりの帰宅だったからね」

「そうか、そりゃ無理だね。いや本当に悪かった。そんなことになっているとはつゆ知らず」

今度は恭二が平謝りである。

「言い訳させてもらえば、母さんの症状が、以前診察した、スズメバチでアナフィラキシーショックをおこした患者にすごく似てたから、それで兄さんが何かしたんじゃないかって勘違いしちゃったんだ。顔の腫れとか気管の閉塞とか。本当にごめん」

ちなみにその人は死んでないからね。薬を投与したら回復したよ、と、つけたすのを恭二は忘れなかった。やはりヤブ医者と酷評されているのを気にしているのだろう。

「それならスズメバチに刺されて死んだって思うのが普通じゃないのか？」

「だから、おれ、兄さんが十二指腸潰瘍になるくらい母さんのことで悩んでるっていう予備知識っていうか先入観があったから、つい、ああ、兄さんが蜂を使ってやったのかもってひらめいちゃったんだよ」

まあ本命は食事に一服だったけど、と、ぼそぼそ言う。

なまじっか人間の死因をたくさん推測できるだけに、想像力が豊かになってしまうのだろうか。

「おいおい、スズメバチに母さんを襲わせたとでも思ったのか？　養蜂家でもそんな芸当はできないよ」

　賢太郎もすっかりあきれ顔である。

「いや、ミツバチやアシナガバチでもアナフィラキシーショックをおこすことはあるんだ。うちの庭には夏場よく蜂が巣をつくってたから、蜂が好きそうな甘い匂いを母さんの服とか帽子とかに仕込んでおけば、わざと刺させることは可能だよ」

　恭二は子供のように頬をふくらませて言い張った。

「わかった、わかった。私は誘導なんかしてないが、百歩譲って、たまたま母さんが犬の散歩に出かけようとして蜂に刺された可能性はあるかもしれないな」

「なんだよその言い方。アナフィラキシーショックっていうおれの診断を全然信用してないな」

「さっきまで私が食事に一服盛ったって言ってたじゃないか！」

「家に帰ってないとは知らなかったんだからしょうがないだろう!?」

　堂々巡りだ。

　こうなるとただの酔っ払いのけんかである。

四

「まあまあ。賢太郎さんがおっしゃる通り、犬の散歩にでようとして、偶然蜂に刺されたということでいいのではありませんか？」

翠芳が二人をなだめようとしたのだが、逆効果だった。

かえってあおってしまったのだ。

「なんですか、その言い方！　住職さんもおれをヤブだってばかにしてるんでしょう！」

恭二がドン、と、乱暴な音をたてて、コップをテーブルの上に置く。

一度は酔いがさめたように見えた恭二だったのだが、いつの間にか首まで赤くなっている。

よく見ると、コップの中身はいつの間にかビールから日本酒にかわっていた。

「翠芳さん、いえ、梅澤先輩、何をやってくれてるんですか！

火に油を注いじゃってますよ！」

和馬は慌てふためくが、翠芳は涼しい顔である。

「失礼だぞ、恭二！　そこまで言うなら証拠を見せろ！」

賢太郎の方も引き下がらない。

賢太郎はたいして飲んでいないはずだが、ひょっとして、かなり酒に弱い体質なのだろうか。

「あのさ、本当に蜂に刺されたのなら、毒針が残ってるんじゃないの？　それに、刺されたところが、すごく腫れてると思うんだ。でも納棺の前にみんなで母さんの身体を拭いた時、そんなのなかったよ？」

さっきまでべそべそ泣いていた拓実が、洟をすすりながら言った。

「あっ、なるほど」

和馬はつい、声にだしてしまう。

翠芳はこの展開をねらっていたのだ。

「さっきはみんな適当に拭いたんじゃないのか？　ちゃんとよく見れば、たとえ毒針が残っていなくても、刺された跡があるはずだ！」

翠芳の誘導にまんまとひっかかった恭二が、ふらつきながら立ちあがった。

「よし！　調べよう！」

賢太郎も立ちあがる。

二人は連れだって、和室の入り口にむかった。

かねない。

　酔っぱらい三兄弟を放っておいては、数百もの生花を使った美しい祭壇を台無しにされ
「待ってください」

　三人は小ホールの棺にむかうつもりだろう。

　拓実もつられて立ちあがる。

「じゃ、じゃあ僕も……」


「棺をこの和室に運んできます。どうせ通夜振る舞いが終わったら、ここに移動させる予定でしたし」

　遺体のそばで一夜をあかす息子なんかいそうもないとさっきまでは思っていたが、恭二と拓実のへべれけぶりからして、このまま雑魚寝になりそうである。

　明日はほんのり酒臭い葬儀になりそうだが、うかつに帰宅させて、葬儀の開始時刻になっても息子たちがあらわれないなんて事態になるよりはましだろう。

「そうなの？　悪いね、葬儀屋さん」

「じゃあよろしく」

　兄弟たちに見送られて、和馬は小ホールにむかった。

　たしかにあの草木が生い茂った庭なら、蜂の巣の一つや二つはありそうだ。

しかし、たしか蜂の活動時間は日中である。

今の時期なら、午前五時にはすっかり明るくなってはいるが、そんな朝っぱらから蜂に刺されたりするものだろうか。

だが蜂騒動のおかげで、もう一度遺体を確認できるのはラッキーだ。

小ホールの扉を開けると、くるみが明日にそなえて、あれこれ確認しているところだった。

「あ、和馬さん、通夜振る舞い終わりました？　お花の追加があったから、札の並び順がこれでいいか喪主さんに確認してもらいたいんですけど」

今も昔も、供花の札の並び順は葬儀屋がもっとも気をつかうところである。これを間違えると大変なことになるからだ。

だが。

「今は無理だな。それどころじゃないから、写真を社長の携帯電話に送ってチェックしてもらって。病人とは思えないくらい元気な声だったから、そのくらいできるだろう」

「喪主さんは泥酔ですか？　意外ですね」

「いや、そういうんじゃないけど、違う方向で盛り上がってるよ」

「翠芳さまも一緒に？」

「ある意味、翠芳さんが盛り上がりの原因っていうか……。それはともかく、棺を和室に移動させたいんだけど」

「例の件と関係あるんですか？」

くるみはふっくらした唇をすぼめ、右手に持ったボールペンをあてた。どうやら名探偵のポーズのつもりらしい。

「まあね。とにかく喪主さんは、今夜、ご遺体と一緒にすごされるみたいだから。これが終わったら、くるみちゃんはもう帰っていいよ」

「えー、あたしだって例の件は気になってるのに、仲間はずれですか？」

くるみは両手を腰にあてて不満を表明した。

「どうしても徹夜したいっていうのなら止めないけど、明日もずっと立ちっぱなしだよ？」

「和馬さんは徹夜するんですか？」

「できればしないですむといいなと思ってるんだけど……」

〆切前の徹夜は慣れっこだが、次の日はやはり身体が重い。

「わかりました、徹夜は和馬さんにまかせます」

なんだか間違いなく徹夜になると言い渡されたみたいで、和馬はちょっと複雑だったが、とにかく今は死因の究明である。

手のあいたスタッフたちにも手伝ってもらって、和馬は遺体をおさめた棺を和室に運んでいった。

娘をトイレに連れていった実可子も和室に戻っていたが、何もなかったようなすました顔をしているのが、少し怖い。

「きたきた」

早速、恭二が棺にかけよってくる。

スタッフたちが棺を畳の上におろした途端、恭二と賢太郎が蓋をあけた。

「最後のお別れをなさるようです。明日の朝までには戻しておきますから」

和馬は、驚くスタッフたちを和室から退出させると、引き戸を閉める。

なにせ酔っぱらい三兄弟が、早速、手足をチェックしているからだ。

「かたいな。まだ死後硬直中か」

「死後硬直は当分とけないよ。個人差大きいけど」

恭二が賢太郎にレクチャーする。

医者らしいところを兄にアピールしたいのだろう。

「うーん、蜂の針はのこってないなぁ。刺された痕跡も全然見当たらないし」

拓実は左腕の袖をまくりあげ、脇まで確認した。

「手甲もはずしちゃっていいよね？」

「手甲も足袋もはずせはずせ」

拓実に言いながら、恭二は自分でも早速右腕の手甲をはずしている。

手甲と足袋は、湯灌の時、和馬が遠慮してはずさなかったものだ。

何か新たな発見があるだろうか、と、和馬はわくわくしながら見守った。

「あっ、ここ刺されたのかも!?　ほらポチッとついてる。血管のところ」

拓実が興奮した様子で、左手の甲を指さす。

「どこだ!?　見せろ！」

恭二が興奮した様子を見せたのもつかの間。

「これは蘇生処置の時、看護師がうった点滴の針のあとだよ」

チベットスナギツネのような仏頂面（ぶっちょうづら）で恭二は告げた。

「なんだ点滴か。となると、左腕には何もあやしい痕跡はないな」

拓実は残念そうにぼやくと、まくりあげた袖をもどした。

「ん？　なんだこれ。ホッチキスでも踏んだのか？」

右足の足袋を脱がせていた賢太郎が首をかしげた。

「どうしたの、兄さん？」

「ほらここ、足の親指の先にホッチキスっぽい小さな傷があるんだ。でもどう見ても蜂じゃないから、気にすることはないか」

気になったのか、恭二は、どれどれ、と、右足の指先をのぞきこんだ。

「ああ、真ん中がちょっと沈んでて、ホッチキスを止めた形の裏側に似てるけど、たぶん小さめの齧歯類じゃないかな？　ハムスターとかハツカネズミとか。ペットのハムスターに指を噛まれて病院に来る人は、時々いるよ」

「犬ならともかく、ハムスターにかまれたくらいでわざわざ病院に来るのか？　おおげさだな」

「いやいや、ハムスターのかみ傷はけっこうあなどれなくて、腫れたり蕁麻疹がでたり、大変なことになる場合もあるんだよ。ごくまれにだけど、アナフィラキシーショックをおこして呼吸困難になる人もいるし……あーっ！」

いきなりの大声に、部屋中の全員が驚いて恭二の方を見た。

五

「兄さん、ネズミだよ！　きっと母さんはネズミにかまれて、アナフィラキシーショックをおこしたんだ！」

ついに謎は解けた、と、恭二は胸をはった。

「待ってよ、アナフィラキシーって、蜂に刺された人がなるんじゃないの？」

拓実がけげんそうな顔で尋ねる。

「蜂だけじゃない。ハムスターでもなるし、蕎麦やチーズを摂取して発症することもあるんだ。あと他に何があったっけ？　とにかくハムスターに嚙まれてアナフィラキシーショックをおこす人も、まれにいるんだよ！　前、診察したことがある！」

興奮気味に恭二はまくしたてる。

「蜂と一緒で、ハムスターのアナフィラキシーショックでもやっぱり呼吸困難をおこしてたよ！　その患者の場合、ハムスターに嚙まれた傷口はほとんど腫れてなかったから、ぱっと見には、ぜんそくの発作にそっくりだった。その時は本人の意識がしっかりしていて、ハムスターにかまれた後、だんだん呼吸が苦しくなってきたって言ってくれたから、すぐにエピペンを注射できたんだけど、もし本人が言ってくれなかったら、原因はわからなかったかもな。うーん、蜂じゃなくてハムスターだったか」

賢太郎と拓実は顔を見合わせた。

「あの母さんが、ハムスターにかまれたくらいで死ぬだろうか」

賢太郎は半信半疑といった表情だ。

「僕もそういう気はすごくするけど、恭二兄さんは、一応、医者だから……」

「一応って何だ⁉︎　二人とも、おれのことをヤブ医者だって思ってるだろう⁉︎」

恭二にくってかかられて、賢太郎は苦笑いである。

「そんなことはないが、そもそもどこでハムスターに嚙まれたっていうんだ？　うちで飼っているのは犬だけだぞ。母さんがペットショップに行くとも思えないし」

「そりゃ、どこか近所の飼いネズミが脱走して、うちの庭に迷い込んできたとかじゃないのかな？」

「そんなのあっという間に猫の餌食だろう」

「それはたしかに……」

賢太郎の反論に、さすがの恭二も同意せざるをえなかった。

中原家の周辺には、かなりの数の野良猫が生息しているのだ。

「となると兄さんが夜中にこっそり帰宅して、母さんの部屋にハムスターを放り込んだとしか……」

「今度はハムスターに母さんを襲わせたっていうのか？」

げんなりした顔で賢太郎は答えた。

和馬も心の中で、それはない、と、つっこむ。

スズメバチよりは実現可能性が高そうな気はするが、そこまでするくらいなら、カレーに殺虫剤でも混入した方が手っ取り早いだろう。

だが実際に傷がある以上、どこかでかまれたことは間違いない。

問題は場所だな、と、和馬が考えをめぐらせた時。

「ゆうべ……」

か細い声が聞こえてきた。

さっきまでよく寝ていた悠真が、恭二の大声で目を覚ましたようだ。

「ゆうべ、僕のハムスターが、おばあちゃんをかんだんだ……」

「僕のハムスター？　夢でも見ていたの？」

実可子が頭をなでようとして伸ばした手を、悠真はふりはらった。

「僕はまえからハムスターを飼いたかったんだ！　でもお母さんが許してくれなかったか

ら、毎日ペットショップに会いに行ってた。そしたらおばあちゃんが、屋根裏部屋でこっそり飼うといいよって、ジャンガリアンを買ってくれたんだ。ケージも一緒に」

「えっ⁉」

実可子は驚きの声をあげた。まったく知らなかったらしい。賢太郎も同様である。

「おばあちゃんの部屋を通らないと屋根裏部屋へ行けないから、お母さんには絶対にばれる心配はないって。お母さん、屋根裏部屋どころか、おばあちゃんの部屋にも入ろうとしないから」

「いったいいつ、おばあちゃんの部屋に行ってたの？　全然気がつかなかったわ」

「夜遅くだよ。お母さんは十一時前には寝ちゃうから、その後、こっそりチビスケに会いに行ってた」

ハムスターの名前はチビスケというらしい。

「でも昨夜、僕がチビスケを撫でていたら、するりと手から抜け出して、逃げちゃったんだ。窓もドアも閉めてるし、絶対に部屋のどこかにいるはずだって、おばあちゃんも僕と一緒に探してくれた。それで……それで……屋根裏部屋の古いベッドの下に隠れていたチビスケが、おばあちゃんの足に嚙みついちゃって……」

とうとう少年は涙目になってしまった。

「おばあちゃんは、たいして痛くない、こんなの消毒しておけば治るよ、って、笑ってたんだ……。なのに、なのに、それで死んじゃったの……!?」

真っ青な顔で、小さな唇を震わせている。

「僕のせいだ! 僕がハムスターを飼いたいなんて言ったから! 僕のせいでおばあちゃんは死んだんだ……!」

とうとうこらえきれず、泣きだしてしまった。

「あなたのせいじゃないわ! 屋根裏部屋でハムスターを飼えばいいなんて、軽はずみなことを言ったおばあちゃんの自己責任よ!」

「おばあちゃんのせいじゃないよっ! ママのばかっ!」

実可子は息子を慰めようとしたのだろうが、怒りのこもった眼差しでにらみつけられてしまう。

「ちょっと、恭二さん! どうしてくれるの!?」

実可子の矛先がむいたのは恭二である。

「えっ!? いや、まさか、屋根裏部屋でこっそりハムスターを飼っていたなんて夢にも思わなかったから……」

恭二はごにょごにょと言い訳した。

「ごうつくばばあも、孫には甘かったんだな。昔、僕たちがダンボールに入った仔猫を拾って帰った時は、すぐに元いた場所に戻してこいって、けんもほろろだったのに」

拓実が苦笑いで肩をすくめると、恭二がうなずく。

「うちは犬以外は全部禁止だったからな。もっとも犬好きっていうわけじゃなくて、警備会社と契約するより番犬を飼った方が安いからっていう、母さんらしい理由だったけど」

「でも母さんを恨んでいる人がうちに放火した時、犬が騒いだおかげでボヤですんだことがあったから、先見の明があったとも言えるぞ」

中原家ではよくあるエピソードの一つなのか、賢太郎はとんでもない過去をしれっと披露する。

「そうだよ、おばあちゃんは本当はハムスターなんか全然好きじゃなかった……。でも僕のために飼ってくれたんだよ！」

「ちょっとあなた、昔話なんかしてる場合じゃないでしょう⁉　そもそも足袋を脱がせて嚙み傷を見つけたあなたにも責任があるのよ⁉」

「ええっ⁉　いやそう言われても、困ったな……」

実可子の怒りのほこ先をむけられ、賢太郎はたじろいだ。

「ご住職、何とかしてください」

「えっ、私ですか？」

賢太郎にいきなり指名されて、翠芳は大きな目をしばたたいた。

「和馬さん、頼みます」

いきなりのパスに、今度は和馬が慌てふためく。

責任のたらいまわしだ。

「頼みますって言われても……」

大泣きする子供と、おろおろする大人たちに注目されて和馬も困惑する。

「ええと、そもそも、ハムスターでアナフィラキシーショックをおこすのって、まれなことだって恭二さん言われましたよね？　本当に故人さまがチビスケちゃんに嚙まれたことが死因なんでしょうか？」

和馬の問題提起に、全員の視線が恭二に集中したのであった。

第五章　毒を盛れる大人は、もう一人いる

一

そもそも恭二は、さっきまで、中原貴李子の死因はスズメバチによるアナフィラキシーショックだと主張していたのだ。

足袋の下から嚙み傷が見つかったからといって、あっさりハムスターに鞍替えしたわけだが、恭二の診断の正しさを裏付けるものは何もない。

「それだよ！　恭二の勘違いに違いない。な、恭二、そうだろう？」

「えっ⁉　いやでも……」

賢太郎は和馬の疑問にとびついた。

「よかったわね、ハムスターのせいじゃないって」

実可子がほっとしたように息子に言い聞かせた。

「ほんと？」

「う……」

いたいけな甥につぶらな瞳で見上げられ、さすがの恭二も口ごもる。

「そういうことにしておきなよ、兄さん」

「いやしかし、あの死に顔はアナフィラキシーショック……」

「やっぱりチビスケなんだ……」

再びしくしく泣きだしてしまう。

「ちょっと、あなた。こんな小さな子供に一生トラウマをうえつけるつもり？」

聡美からも避難の眼差しをむけられ、とうとう恭二は根負けした。

「わかった！　やっぱりおじさんの勘違いだったよ、ごめんな！　やっぱりあれは蜂だよ、スズメバチだ！」

恭二はヤケクソ気味に叫んだ。

あれほどヤブ医者よばわりされるのを嫌がっていたのに、甥っ子の涙には勝てなかったらしい。

「嘘だ……。恭二おじさん、今、僕のために、嘘ついた……。わかるよ、そのくらい」

「そうよ、恭二おじさんは、評判のヤブ医者なんだから、早とちりや勘違いなんてしょっちゅうなのよ」

「う、嘘じゃないよ。おじさんの早とちりだった」

甥っ子に悲しそうな声で言われ、恭二は丸い顔の額から汗をにじませた。

「うぐっ」


「み、実可子義姉さん、そこまで言わないでも」

気の毒な恭二は、顔を赤くしたり青くしたり大忙しだ。

「恭二おじさん、無理しないでもいいよ」

「あー、いや、さっきも言ったけど、よく考えたら、アナフィラキシーショックの原因って他にもあるんだよ。蕎麦かチーズかもしれない」

「おばあちゃんは、どっちも平気で食べてたよ……」

悠真が言うと、たしかに、と、実可子もうなずく。

「アナフィラキシーショックの原因がハムスターなのか蜂なのか、はっきりと特定することはできないんですか？　こんなもやもやした状況のまま明日の葬儀をむかえても、みなさん、きちんとお別れをする気持ちにはならないと思いますが」

和馬は思わず、強い口調で恭二に迫った。

ミステリー作家として、謎をはっきり解きあかしたいという気持ちもあるが、同時に、葬儀屋アルバイトとして、こんな状況で遺体を火葬して、後日トラブルになっては困るという不安も感じずにはいられないのだ。

「でもそれで、ハムスターが原因だとはっきりしてしまったら……」

「すでに全員、ハムスターだろうと思っています。ハムスターに確定しても、事態は現状と特段かわらないでしょう」

翠芳の言葉に、全員が同意した。

たしかにこのままだと、和馬も当分、もやもやをひきずることになりそうだ。

ましてや遺族は、一生、もやもやが続くことになるだろう。

「亡くなってすぐだったら、血液検査でハムスターの抗体の有無を調べられたんだけど、もう死後半日以上たってるから、検査できるかどうか……」

恭二は困り顔である。

「血液検査で調べられるの？」

聡美の問いに、恭二はうなずいた。

「うん。スズメバチの抗体がある人はスズメバチでアナフィラキシーショックをおこすし、ミツバチも、アシナガバチも、ハムスターも、それぞれ抗体の有無を調べることによって特定できると思うんだ。蜂とハムスター、両方の抗体があるとやっかいだけど」

そういうものなのか、と、和馬は驚きつつ、心の捜査ノートに書きこんだ。

「もうかなり血液凝固してるだろうし、血管からの採血は厳しいな。心臓から直接ならとれるのかもしれないけど、そんなの研修医の時代にやったっきりだし……」

恭二は一人でぶつぶつ言っている。

「可能性があるならチャレンジしてみたら？」

「いやでも、そのためにはまた遺体を病院に運ぶことになるから……」

恭二は兄の顔をうかがった。

「まずいよね？」

「いいんじゃないか？　明日の葬式までにここに戻しておけば問題はないだろう」

「そうね。この際、ハムスターなのかそうでないのかを、はっきりさせてほしいわ。あなたが言い出したことなんだから、責任をとってくれないと」

実可子が息子の肩を抱きながら言う。

一見、厳しそうに見えるが、実は優しい母親なのかもしれない。

「でも、一度納棺した遺体をまた外にだすのって、仏教的にどうなのかな」

恭二は今度は、翠芳に助けを求めた。

「このままご遺族のみなさんが一生もやもやした気持ちをひきずるくらいなら、はっきりさせた方がいいと思いますよ」

涼しい笑顔で翠芳はうなずく。

「それに、これだけひっぱりだしておいてよく言うわね」

聡美はケラケラ笑いだした。

酔っ払いたちが三人がかりで、手甲と足袋を脱がせたりしたものだから、遺体の手足は棺からとびだしてしまっている。

「あなた、もしかして、自分で言い出しておきながら、アナフィラキシーショックじゃなかったらどうしようって怖くなったの？　それとも自信がないのは採血の方かしら？　大丈夫よ。当直のドクターや夜勤の看護師がいるから」

「そ、そんなんじゃない」

恭二は憤然として否定した。

妻の指摘は、きっと図星だったのだろう。

「そうじゃなくて、搬送を心配してるんだよ。遺体を運ぶには、霊柩車とか、それなりに大きな車が必要なんだ」

「そんなの葬儀屋さんに何とかしてもらえば？」

「えっ⁉」

またこのパターンか、と、和馬はうろたえた。

いきなりのパスは勘弁してほしい。

「葬儀屋さんには霊柩車くらいあるんでしょ？」

「それは、まあ、ありますけど、別料金がかかりますよ？」

以前は専門の業者に頼んでいたのだが、宿敵である本家まごころ葬儀社が自前の霊柩車購入を検討しているという噂を聞いて、急いで元祖まごころ葬儀社でも導入にふみきったのである。

おかげで真夜中に病院や警察に遺体をひきとりに行く際、かなり早くなったと喜ばれているのだが、まさか病院への遺体搬送を頼まれることになろうとは。

「別料金なんてかたいこと言わないで。この先、うちの病院で亡くなられた人がでた時には、優先的に元祖まごころ葬儀社さんを紹介するから。ね？」

「……それは父が大変喜びます」

さすが事務長さん。酔っ払っても、お金のことはしっかりしているのであった。

二

昼間の暑さが嘘のように、涼しい夜風が吹いている。

昨夜のようなゲリラ豪雨には見舞われないですみそうだ。

青井市では最も大きな病院である中原総合病院は、まだ新しいベージュ色の建物である。入院設備や救命救急があるので、夜間でもロビーには照明がこうこうとともされ、それなりに人の気配がする。

貴李子の遺体をのせたストレッチャーとともに、恭二は処置室に入っていった。

賢太郎、拓実とともに和馬は待合室のソファに腰をおろす。

聡美と真梨奈も、検査結果が気になるから一緒に病院へ行く、と、言い張ったのだが、そんなに大勢で病院に押しかけても病院に迷惑でしょう、と、実可子に一喝され、運転手の和馬と三兄弟だけが遺体に付き添うことになった。

翠芳こと梅澤先輩も、もちろん同行を希望したのだが、病院に僧衣は不吉すぎるからやめてくれ、と、恭二にきっぱり断られ、引き下がらざるをえなかったのである。

車輌も黒の霊柩車で病院に乗りつけるわけにはいかないので、遺体運搬用の白い寝台車にした。ぱっと見には一般のバンとそれほど違わない。

和馬は腕時計をちらりと確認した。

元祖まごころ葬儀社まで寝台車をとりに戻ったりしたので、もう九時半だ。

今夜は救急の患者もいないのか、待合室には三人だけである。

美しい南欧の風景画がかかったパステルピンクの壁に、おだやかなヒーリングミュージック。

かすかにただよう病院独特の薬品臭さえなければ、まるでレストランの個室のようだ。

「アナフィラキシーショックの抗体検査って、どのくらいかかるんでしょうね？」

和馬の問いに、賢太郎は首をかしげた。

「見当もつきません。渋井さんは今夜はいったん帰宅して、明日の朝、また、遺体を引き取りに来ていただいてもかまいませんよ。夕食もまだでしょう？」

さすが三兄弟の長男、気配りを欠かさない。

葬儀屋さんではなく、渋井さんとよんでくれるのも、場所をわきまえての気配りだ。

だがそういう、神経のこまやかな人だから、母と妻の間で気をつかいすぎて十二指腸潰瘍になってしまったのだろう。

葬儀屋が口をだすことではないので黙っているが。

「私は昼食が遅かったので、夕食はもうしばらく後でも大丈夫です」

実は和馬は物書きの常として、遅寝遅起きの夜型生活なので、食事時間も普通の人とは二時間はずれているのだ。

「拓実さんはだいぶお疲れのようですね」

和馬が言うと、賢太郎は隣に腰をおろしている弟に目をやって、笑みをこぼした。

泣き上戸の三男坊は兄にもたれかかって、気持ちよさそうに船をこいでいたのである。

「こんな場所で恐縮ですが、明日の確認をさせていただいてもかまいませんか？　明日の午前中は遺体の搬送や納棺でまたばたばたするかもしれませんので」

本当は通夜振る舞いが終わった後で確認するものなのだが、突然、病院へ行くことになってしまったため、それどころではなくなってしまったのだ。

「ああ、そうですね」

明日は、葬儀・告別式から精進落としまで盛りだくさんである。タイムテーブルや参加人数、挨拶はすべて喪主でよいか、弔電が届いたら読むかなど、チェックリスト通りに確認をすすめていく。

「弔辞は省略するとのご意向でしたが、大嶋先生がいらっしゃるのでしたら、ご依頼されてはいかがでしょうか？　もちろんお忙しい方ですので、断られるかもしれませんが」

「わかりました。義父に連絡してみます」

賢太郎は携帯電話を上着のポケットからとりだし、電源をいれた。

通夜の前に電源を切ったきり、忘れていたらしい。

「あれ、何度も着信してる番号があるな。すみません、急ぎの用件かもしれないので、ちょっと折り返してきます」

賢太郎が通話のために廊下にでようとした時、待ちかねたように着信音がなった。

あきれたような賢太郎の表情からして、おそらく何度もかけてきた番号からだろう。

ずいぶんせっかちな人なのか、それともよほどの急用なのか。

それにしても、明日はただでさえ両親ぬきで葬儀を仕切らねばならないのに、遺体の搬送と再納棺なんて仕事が増えてしまったので、今日はさっさと撤収すべきかもしれない。

本当に貴李子の死因がハムスターによるアナフィラキシーショックかどうかはすごく気になっているのだが。

「お待たせしました」

どうやら用件自体はこみいったものではなかったようで、二分たらずで賢太郎は待合室に戻ってきた。

「母の弁護士からでした。たまたま今日は関西に出張していて通夜には間に合わなかったが、今夜中に渡したいものがあるので、今からここに来るそうです」

「今からですか？」

「はい。今、東京駅なので、あと一時間ほどで着くとのことでした」

「何だろう。遺言状でもあるのかな？」

眠そうな顔で拓実が言った。

「弁護士だし、普通に考えたらそうだろうな」

「母さんが遺言状を書いていたなんて初耳だけど、兄さんは何か聞いてる？」

「いや、それどころか、母さんが会社の弁護士とは別に、個人的に弁護士を頼んでいたことも知らなかったよ。それと、義父が弔辞をひきうけてくれました」

最後の一言は、和馬にむかってつけたしたものである。

「ありがとうございます」

和馬は頭をさげながら、とっさに考えをめぐらせた。

中原貴李子の弁護士が、遺言状をたずさえて三兄弟に会いに来る。

常識的には、遺言状の開封は明日でも、それどころか、明後日以降でもかまわないはずなのに、なぜか今夜、わざわざ病院まで持参するという。

あやしい。

これはあやしいにおいがプンプンする。

ここにきてまた何か一波乱あるのかもしれない。

たとえ徹夜で明日の告別式にのぞむことになっても、今夜は絶対に帰らないぞ……！

和馬はひそかに決心したのであった。

三

十時半をまわったところで、処置室から暗い顔の恭二がでてきた。喪服から白衣に着替え、マスクをつけている。酒はすっかり抜けたようだ。

「やっぱりハムスターだったのか？」

「違ったよ」

賢太郎の問いに、恭二は頭を左右にふると、むかいのソファにどっかりと腰をおろした。

「もしかして、悠真のことを思って、嘘をついてるんじゃないだろうな？」

「そんなんじゃないよ。おれの言うことが信用できないのなら、手伝ってくれた検査技師にきいてくれてもいい」

「そうか」

賢太郎はほっとした表情で、大きく息を吐き出す。

「よく考えたら、悠真君、夜遅くに逃げたハムスターが母さんをかんだって言ってただろう？ もしハムスターのせいでアナフィラキシーショックをおこしたのなら、夜のうちに呼吸困難に陥ってるはずだし、犬の散歩どころじゃなかったはずだ」

恭二は両手で自分の髪をかきまわした。

拓実が見つけた時、いつもは犬小屋につながれている大型犬が貴李子のそばにいた。リードもつけていたというし、貴李子が犬を散歩に連れて行こうとしていたのは間違いないだろう。

「まさか本当に蜂だったのか？」

「それも違った。スズメバチ、ミツバチ、アシナガバチ、全部試したが、どれも抗体はなかった」

「つまりアナフィラキシーショックじゃなかったってこと？」

当然の疑問を口にした拓実を、恭二はジロリとにらむ。

「ご、ごめん、兄さんを疑ってるわけじゃないよ」

「いや、実は、おれもだんだん不安になってきて、念のため全身のCTを撮り直した」

「それで？」

「脳も心臓も異常なかった。やっぱりアナフィラキシーショックだと思うんだ。蕎麦やチーズ、あと、ゴムも検査してみようと思う。それでだめだったら、アナフィラキシーショックはあきらめて、毒物を調べてみてもいいかな？　まだしばらく時間がかかっちゃうから、葬儀屋さんには申し訳ないけど」

「いえいえ、大丈夫です」

もう徹夜は覚悟してますから、と、喉もとまででかかるのを和馬はぐっと飲み込んだ。

「気の済むまで調べていいが、絶対に私は毒を盛ってなんかないからな」

うんざりした様子で賢太郎は言った。

「だから……毒を盛れる大人は、もう一人いるだろう……」

恭二は、さぐるような上目使いで、おそるおそる指摘する。

「えっ、実可子義姉さんってこと⁉」

拓実が壁にもたれかかっていた身体をおこす。

「兄さんが嫌なら調べないよ」

「いや、調べてもかまわない。実可子は絶対にそんなことはしないから」

賢太郎は断言する。

「母さんと義姉さんはかなり仲悪かったたし、動機は十分なのに、ずいぶん信頼してるんだな」

　恭二は興味深そうに目をきらめかせた。

「実可子は変なことはしないよ。彼女はとにかく几帳面でまっすぐだからね。そのぶん、強欲で大雑把な母さんとはぶつかりまくってたけど。たとえば実可子はお中元やお歳暮はきっちり贈りたい派なんだ。几帳面な性格だし、実家の両親から、とにかく人づきあいは大事にしろって育てられていることもある。なにせ政治家だからね。ところが母さんときたら、そういうのは無駄な虚礼だって決めつけて、一切贈らせないんだ」

「実可子義姉さん、本当にきっちりしてるんだなぁ。僕も真梨奈もそういうの全然贈らないよ。無駄とまでは言わないけど、特に贈りたい人もいないし」

「たしかにお中元とか贈らないと、あとあと面倒な人っているんだよ。ちなみにうちは大学の恩師にだけ贈ってる。他の先輩後輩とは、お互い贈るのやめようってことにさせてもらった」

　三兄弟もそれぞれである。

「あとは、今日のお通夜もそうだ。最近の家族葬だとお通夜をやらないことも多いらしいんだよ。でも、実可子が、大々的にやる必要はないが、最低限のお通夜は絶対にやるべきだって譲らなかったんだ」

「仲の悪い姑のお通夜なのに？」

「それとこれとは別らしい」

恭二の問いに、賢太郎は苦笑した。

「荒れ果てた庭だって、実可子は造園業者をよびたい、それがだめならせめてシルバー人材センターに頼もうって言うんだけど、母さんは、あれは自分の庭だから手出しするなって、毎年、夏になると大げんかだ」

「庭に関しては実可子義姉さんが全面的に正しい」

拓実がきっぱりと断言すると、恭二もうなずく。

「草ぼうぼうだもんな」

「父さんが生きていた頃は、庭もきれいにしてたんだけどなぁ」

「父さんが死んでから、もう三十年だっけ？」

「正確には二十八年かな。ちゃんと庭師さんを頼んでいたから、きれいな花がいっぱい咲いてたよ」

賢太郎が昔を懐かしむように言うと、へぇ、と、弟たちは少し驚いたようだった。父が亡くなった時まだ幼児だった拓実はもちろん、恭二にも二十八年前の記憶はあまりないようだ。

「でも母さんが庭をほったらかしにしていたおかげで、猫をかくまえたけどね」

恭二はニヤリと笑う。

「ああ、そうそう、悠真君のハムスターで思い出したよ。僕が仔猫をもう一度捨てるのはかわいそうだって泣いたら、兄さんたちが裏庭に秘密の猫小屋を空き箱で作ってくれて、毎日こっそり食べ物を運んでやったんだっけ」

「こっそり生き物を飼育するのは、中原家の男子の伝統だな」

恭二が言うと、兄と弟もほがらかに笑った。

この三兄弟は昔から仲が良かったようだ。

和馬にも兄がいて、いずれは元祖まごころ葬儀社のあとを継ぐために、今は都内の大手葬儀社で勉強中だが、ここまで仲良くはない。

「まあ、とにかく、恭二の納得がいくまで調べていいよ。ただし明日の朝には母さんの遺体をセレモニーホールに戻さないといけないから、そこがタイムリミットだ。私たちも少しは寝ないともたないし」

「わかってるよ」

じゃあ、と、恭二がソファから腰をうかせて処置室へ戻ろうとした時、廊下から若い男が入って来た。ダークスーツの上着は脇に抱え、左手でキャスター付きのキャリーバッグをひいている。

涼やかな目もとと、きりっとした眉が印象的な美青年だ。

どこかで見たことがある気がして、和馬は急いで記憶のひきだしをひっくり返した。

最近の葬儀の参列者だろうか？

「よかった、みなさん、おそろいですね」

青年は額の汗をぬぐうと、笑顔をうかべた。きれいな白い歯がこぼれる。

さわやかな笑顔を見て、和馬はようやく思い出した。

レストランで貴李子と一緒にいた青年だ。

噂の若いツバメが一体何をしに、息子たちのもとへあらわれたのだろう。

まさか、また隠し子騒動か⁉

元校長先生のスキャンダラスな葬儀を思い出して、和馬はドキリとした。

和馬の頭を、瞬時に、さまざまな妄想がかけめぐる。

そんな場合ではないとわかっていても、ついつい話の盛り上がりを期待してしまうのが作家の性（さが）なのだ。

「急患の方ですか？」

何も知らない恭二が尋ねた。

「中原貴李子さんの顧問弁護士の瀬戸房之助です」

「ああ、お電話をくださった……」

どうやら賢太郎にしつこく電話をかけてきた弁護士というのは、この青年だったようだ。

ということは、若いツバメではなかったのか。

あっという間に妄想をくじかれ、和馬はほっとする一方で、ちょっとがっかりもする。

「賢太郎さんですね？　大奥様から、生前、自分にもしものことがあったら、可及的速やかに、息子さんたちにこの封筒を渡すようにとお預かりしておりました」

瀬戸はキャリーバッグから、ガムテープで封をしたA4サイズの茶封筒をとりだした。

厚みはまったくない。

「どうぞ」

茶封筒を賢太郎に渡す。

「たしかにこの雑なガムテープの貼り方は母ですね」

ガムテープはただでさえ斜めに傾いている上に、途中空気のしわが二本も入っていた。

兄から茶封筒を見せられて、弟たちも、ああ、と、苦笑する。

「中身は遺言状ですか？」

「私がお預かりした時、もうこの状態でしたので、内容物は確認しておりません。ただ、遺言状ではないとおっしゃっていました」

「違うんですか？」

賢太郎はいぶかしげな表情できき返した。

四

遺言状ではないのなら、一体何を弁護士に託したというのだ。

三兄弟はもちろん、和馬も当然、遺言状だと思っていたので、とまどいを隠せない。

「おいおい、それならどうして、こんなに大急ぎで持って来たんだ？」

恭二がもっともな質問を口にした。

「可及的速やかに渡してほしい、というお母さまのご指示を遵守したまでです」

瀬戸はすまして答える。

「母さんはごうつくばりな上に、せっかちだったからな」

拓実が失笑する。

「遺言状じゃないとしたら一体何だろう。もし葬儀のやり方や埋葬の場所についてあれこれ指示してあったら、厄介なことになるな」

賢太郎はため息をつく。

「おれは検査の続きに戻るよ。こっちは時間との勝負だから」

恭二は立ちあがった。

「恭二、この封筒はどうするんだ？」

「兄さんにまかせた。よろしく」

それだけ言うと、恭二はそそくさと処置室に戻っていった。

「恭二兄さんは、今、頭の中が検査でいっぱいだから、それ以外のことでわずらわされたくないみたいだね。どうする？　僕たちだけで開封しちゃう？」

賢太郎は、ふむ、と、一瞬考え込んだ。

「すぐに開封するように言われてますか？」

「いえ、開封のタイミングは特に指定されていません。あまり日をあけない方がよいとは思いますが」

瀬戸の答えに、賢太郎はうなずく。

「わかりました。それなら、みんながそろっている時の方がいいし、明日の葬儀関係がひととおり終わってから開封します」

「そうだね」

拓実も同意する。

瀬戸の提案で、瀬戸と賢太郎が、ガムテープと封筒の境目に押印した。賢太郎がこっそり開封して、中身をすり替えたりしていないことを証明するためだ。拓実は判子を持っていなかったので、ボールペンでサインする。

「そちらの方もお願いします」

「あ、はあ」

和馬は、なぜ自分が、と、思わないでもなかったが、おそらく判子は多い方がいいのだろう。ガムテープの端の方に三文判をつく。

「それではまた、明日の告別式に参列させていただきますので」

瀬戸はセレモニーホールの名前と開始時刻を確認すると、あわただしく去っていった。

「あの人、若いツバメじゃなくて、弁護士さんだったんですね」

和馬はうっかりつぶやいてから、しまった、と、慌てた。

「すみません、失礼なことを」

息子たちにむかって頭をさげる。

「いいよ、僕も同じことを思ったから。というか、ひょっとしたら、ツバメ兼顧問弁護士なのかもしれないな」

「ないとはいえない」

拓実の感想に、賢太郎も肩をすくめてうなずく。

和馬はどう答えたものか判断に窮して、あいまいな笑顔でごまかした。

「ところで兄さん、あのさ……こんな時にきいていいのかどうかわからないんだけど」

「なんだ？」

「そもそも、どうして、実可子義姉さんと結婚したの？　恭二兄さんは母さんが結婚を決めたみたいに言ってたけど、あの頃、兄さん、何度もお見合いしてたし、他に選択肢がなかったわけじゃないよね？」

「自分のことでもないのに、よく覚えてるな」

賢太郎はあきれ顔である。

「そうだな。実可子ならしっかりしてるし、私が死んだ後もちゃんと子供を育ててくれるだろうって思ったんだ」

「子供が成人しないうちに自分は死ぬだろうっていう前提で結婚したの⁉」

口にこそださなかったが、和馬も相当驚いた。その頃、何か重い病気にでもかかっていたのだろうか。

「父さんが死んだ時、三十九歳だったんだよ。だからかな、なんとなく三十九歳より先の自分が想像できなかったんだ。だって父さん、ずっと元気だったのに、ある日突然倒れて死んだんだよ。もっとも、私は、無事に四十になったけどね」

　賢太郎は穏やかに微笑む。

「そうだったのか……。たしかに実可子義姉さんなら、一人でもしっかり子育てしてくれそうな感じはするよね。何かとハチャメチャだった母さんと違って」

　うんうん、と、拓実は納得する。

「そういうおまえこそ、真梨奈さんとはこのまま離婚するのか？」

「たぶん、そうなるかな」

　多分に迷いの混じった口調で、拓実はリノリウムの床に視線をおとした。

「それで、本当に明日の朝まで恭二兄さんに付き合うの？　起きていられないことはないけどさぁ、その後、葬式中に爆睡しちゃいそうだよ。ただでさえお経って眠気を誘うのに、住職さんが佳い声だから、眠気百倍なんだよね」

「そうだな。五時間は仮眠しておきたいし、四時で切り上げさせるか。恭二があの調子だから、死因を特定できるまで葬儀を延期しろとか言いかねないが」

「えっ、それは困ります。いえ、延期できないことはありませんが、当日キャンセルはほぼ全額ですよ」

和馬の本音としては、葬儀よりも死因の究明を優先してほしいのはやまやまなのだが、一応、父のかわりに注意喚起しておく。

「わかっていますよ。私も義父に弔辞を頼んだ手前、延期はできません」

「そ、そうですよね」

「いざとなったら恭二兄さんに一服盛るしかないね」

物騒な話をしているうちに夜は更け、日付がかわった。

恭二は処置室からでてこない。

一度、高熱の子供を抱えた父親が待合室にかけこんできたが、黒スーツの男が三人並んでいたので、かなり驚かせてしまった。

子供は泣き出してしまうし、実に申し訳ないことをしたものだ。

拓実がカード入れからだしたレストランのプリン券のおかげで、ようやく子供が泣き止んでくれた時には、心の底からほっとしたものである。

ありがとう、プリン。

そうこうしているうちに、アルコールが入っていることもあって、賢太郎と拓実はソファに腰かけたまま眠ってしまった。

五

結局、目を血走らせた恭二が処置室からでてきたのは、タイムリミットの午前四時直前だった。

「待たせたな」

恭二の声で、和馬はとびおきる。いつの間にか、うとうとしていたようだ。

「死因がわかったんですか⁉」

「いや、まだだ。だがそろそろタイムリミットだから、血液と、あと、臓器の一部をとりだして保存しておくことにした。こうしておけば、必要な時、いつでも生化学検査にまわせるんだ」

「ああ、司法解剖と同じですね」

ごくまれにだが、元祖まごころ葬儀社でも、司法解剖後の遺体を大学病院までひきとりに行くことがある。

遺体から脳や臓器をとりだして重量を計測したり、異常がないか確認するらしいのだが、ぱっと見にはまったくわからないように処置してくれるので、葬儀には何の支障もない。

「ああ、そうそう、そんな感じ」

二人が話していると、賢太郎と拓実も目をさましたので、ストレッチャーにのせた棺を遺体運搬用の寝台車にうつすのを手伝ってもらった。

恭二はこのまま病院の仮眠室で寝てからセレモニーホールにむかうと言うので、和馬は賢太郎、拓実と三人で寝台車に乗る。

セレモニーホールで棺をおろし、祭壇に安置してから、そのまま寝台車で中原家へむかった。

いつのまにか東の空が明るくなっている。雲はほとんどない。

今日も晴れて、暑くなりそうだ。

携帯電話のマップで見たとおり、梨畑の間を抜けたつきあたりに、高い塀をめぐらせた大きな邸宅があった。

こんな早朝だというのに、両開きの門扉の前にたたずむ人影が見える。黒い帽子に白いシャツの男性の後ろ姿だ。

「誰かいますね」

「新聞配達でしょう」

眠そうな声で賢太郎が答えた。

　だが、そばにとめてあるスクーターの前かごに新聞が入っている様子はない。

　こちらの接近に気づいたのだろう。

　振り返った男性は、柔和な笑みをうかべ、手を振りはじめた。

　よく見たら、帽子ではなくヘルメットをかぶっているようだ。

　この笑顔は、まさか。

　門扉の手前で寝台車をとめると、和馬は運転席からころげおりた。

「梅澤先輩……じゃなくて、翠芳さん！　どうしたんです、その格好は⁉」

　和馬が尋ねると、翠芳はいたずらっ子のような表情になる。

「私だって洋服くらい持っていますよ」

「それはそうでしょうけど」

　背中にはリュックを背負っているし、いつもの僧衣姿とのギャップが激しい。

　いやだが、それよりも。

「なぜここに？　あ、もしかして」

　現場を確認に来たんですか、と、和馬が視線で尋ねると、翠芳はにっこりとうなずいた。

　捜査に行き詰まったら現場に戻れ、とは刑事もののミステリーでよく使われるセリフだが、そもそも自分たちはまだ現場を見ていないのである。

「それで、ハムスターの抗体検査はいかがでしたか？」

翠芳の問いに、和馬は小さく嘆息をもらした。

「ハムスターではありませんでした。他にもスズメバチ、ミツバチなどいろいろ恭二さんが試してみたのですが、どれも該当せず、時間切れです」

「そうですか」

翠芳は和馬の答えを予想していたのか、特に残念がるふうでもなく、あっさりうなずいた。

「おはようございます」

寝台車からおりてきた賢太郎は、精一杯のから元気をかき集めて、礼儀正しく挨拶をした。

拓実にいたっては、なんとか車からおりてきたものの、今にもまぶたがくっつきそうな顔で翠芳に会釈をしただけである。

「おはようございます。大奥様がお好きだった蓮の花がうちの境内の池で咲いていたので、手向けさせていただければと思いまして」

翠芳はスクーターの前かごから、小ぶりの蓮でつくった花束をそっととりだす。淡い黄色の花をつける蓮は、引退した先代住職でもある翠芳の父が丹精こめた自慢の作品だ。

ひょっとして無断で切ってきたのでは、という心配がちらりと和馬の脳裏をかすめたが、気づかなかったことにした。

「こんな時間にご迷惑かとも思いましたが、蓮の花は早朝に開いて、昼には閉じてしまうものですから」

「それはわざわざありがとうございます」

恐縮して賢太郎は頭をさげる。

「大奥様が倒れておられたのは、こちらの門の内側ですか？」

「そうです。少しだけ敷地内に入ったところで息絶えていました」

翠芳の問いに小声で答えたのは、拓実である。

「その場所に花を供えさせていただいてもかまいませんか？」

「もちろんです」

賢太郎が門扉をおしあけた。

門扉から邸宅まで、十メートルほどのレンガを敷いた小径（アプローチ）があるが、その両側には雑草が高々と生い茂っている。

間近で見ると、イングリッシュガーデンからはほど遠い、ただの荒れ庭だった。

なまじっか広々としているだけに、もはや庭というよりも野原に近い。奥の方では大木が自由気ままに枝をひろげている。

たしかに蜂の巣の一つや二つ、いや、三つや四つはありそうだ。

「このあたりかな……」

拓実が小径を二メートルほど行ったところに片膝をついた。

「どうぞ」

賢太郎にうながされ、和馬と翠芳も敷地に足を踏み入れる。

翠芳は拓実の隣にしゃがむと、花束を地面に置いた。ポケットから数珠をとりだすと、両手をあわせ、小声でお経を唱える。

和馬も翠芳の傍（かたわ）らにしゃがむと、両手をあわせた。

翠芳のお経がかなでる美しい調べを聞きながら、素早く地面を観察する。

昨日の朝はまだ地面が濡れていたのだろう。多くの足跡やストレッチャーの轍（わだち）が残っていた。だが特に不審な点は見つけられない。

ミステリー作家とはいえ、所詮は素人なのである。

こんなことではホームズになれないぞ、と、自分を叱咤するが、翠芳の短いお経はあっという間に終わってしまった。

「ありがとうございました」

翠芳が頭をさげると、賢太郎と拓実もつられるようにして頭をさげる。

「庭がこんな有様でお恥ずかしい限りです。母が庭に手を入れることを嫌がったものですから」

「そうでしたか」

「去年まではドクダミの群生がすごかったんですよ。ドクダミ茶にするなら文句ないだろうって、妻が母を説得して、夏中かけて頑張って抜いたら、今年はこの雑草が大量発生して。きりがないですね」

賢太郎は困り顔で、頭をかいた。

公園や河川敷でよく見かける、いかにも生命力が強そうな雑草だ。細長い葉やほっそりした穂の感じが稲や麦によく似ている。

ちょうど花の盛りらしく、穂からごく小さな花弁をたくさんのぞかせていた。

「この草は抜かないんですか？」

「母も亡くなりましたし、早速、明日にでも、妻が業者を手配するんじゃないでしょうか。弔問のお客さまがみえるかもしれませんし」

「白い可憐な花をつけていただけ、ドクダミの方がましだったんじゃない？」

拓実の問いに、賢太郎は頭を横にふった。

「いや、あれだけ大量だと、独特の臭いがきつかったんだよ。その点、この雑草はまだましかな」

「この草はネズミムギというイネ科の植物のようですね。皆様をお待ちしている間に、アプリで調べました」

翠芳は携帯電話の画面を賢太郎たちに見せた。

なんでも、アプリが、携帯電話で撮影した植物の名前を瞬時に判定してくれるそうだ。

「この雑草、ネズミムギという名前なんですか。うち以外でもよく見かける草ですが、名前は初めて聞きました」

賢太郎は携帯電話の画面を物珍しそうにのぞきこむ。

「ネズミムギ……？」

和馬は考え込んだ。

何かが記憶のかけらにひっかかったのだ。

「ネズミムギ……ネズミムギ……」

どこで調べた？

雑草になんかまったく興味のない自分が、植物について調べる理由と言えば、ただ一つだ。

「ライグラスか！」

和馬は叫んだ。

「は？」

けげんそうな顔で、賢太郎は首をかしげる。

「ああ、たしかに英名はイタリアンライグラスになっていますね」

翠芳がアプリの画面を確認した。

「ライグラスとは、ネズミムギの別名で、その花粉は、花粉症、アレルギー性結膜炎、そしてアナフィラキシーショックをひきおこすことがあるんです」

もともとイネ科の植物は、スギやヒノキのように花粉を遠方までとばすことはない。それゆえ、かなりありふれた雑草であるが、花粉症に悩まされる人は、近くに群生がある場合に限られる。

ただしイネ科が花をつける初夏の、大気が不安定な日は要注意だ。花粉が大量に舞い上がり、飛び散る危険がある。

メルボルンでは雷の夜にライグラスが集団ぜんそくを発生させたことが何度もあり、呼吸困難で亡くなった人もいるのだ。

「そういえば昨日、いやもう一昨日の夜か、ゲリラ豪雨で雷も……。まさか……!?」

驚く賢太郎に、和馬はうなずいた。

「恭二さんに連絡してください」

早朝の風が庭のネズミムギをゆらし、さわさわと音をたてる。

むせかえる緑のにおい。

のんきな鳩の声と、せわしない蝉の声。

ようやくのぼりはじめた太陽が、あたりをくっきりと照らしだす。

和馬の顎から汗が一筋、したたりおちた。

第六章　大奥様が化けてでたらどうしてくれる

一

窓ガラスごしに、ぎらつく夏の陽射しと蟬のコーラスが降りそそいでくる。

小ホール前の受付では、和馬が時計を見ながら、一人でそわそわしていた。もうすぐ正午なのに、まだ恭二と聡美があらわれないのだ。

そうこうしているうちに受付前には長い列ができはじめている。

「最近では平日昼間の葬儀は通夜より参列者が少ないこともあるが、大嶋先生のご機嫌伺いを兼ねて集まる取り巻きたちもいるかもしれないから、百二十人は来るだろう。椅子は小ホールに入る限界の五十ならべろ。念のため香典返しは会社の在庫をありったけ持っていけ」というのが、父の見立てであった。

しかし実際にはすでに五十人をこえる参列者が記帳をすませている。この調子だと百五十、いや、二百をこえてしまうかもしれない。香典返しはたりるだろうか。

だが、まずは目の前の行列を何とかしないと。

葬儀では、どんなに列が長くても、てきぱきとさばくわけにはいかないのがつらいところである。

お悔やみを言う側も、受ける側も、丁重にやるしかない。

「聡美義姉さんが来るまでの間、手伝いますね」

背の高い若い美女が和馬の横に立った。

薄化粧で、ウェーブのかかった髪を黒いリボンで後ろにまとめている。

どこかで見たような気もするが……。

「ええと、失礼ですが？」

「昨夜会ったでしょう？　中原真梨奈ですよ。香典泥棒だと思いました？」

「あっ、いえ、助かります。よろしくお願いします」

実は真梨奈は洋服販売の仕事をしており、昨日はぎりぎりまで仕事をしていたため、派手な格好で通夜に来ざるをえなかったのだという。

女は化けるとはよく言うが、地味に化けることもあるんだなぁ、と、和馬は舌を巻いた。

真梨奈のおかげで列はだいぶ短くなったが、恭二と聡美はやはり来ない。

遺族席の最前列に腰をおろしている賢太郎も、一分に一度、心配そうな視線をこちらによこす。

本当は自分で恭二を迎えに行きたい気持ちなのだろうが、義父である大嶋議員を置いていくわけにはいかない。

何より喪主がいなくなっては、葬儀自体がおこなえなくなってしまう。

「あと三分ですけど、どうしましょうね。待ちますか？」

くるみは、昨日とは違う黒髪のウィッグをつけている。

「十分くらいなら開始を遅らせても大丈夫だけど、それ以上は火葬の時間があるから厳しいなぁ」

和馬が答えた時。

「来た！」

くるみがかわいい声で叫んだ。

丸っこい喪服姿の二人が、廊下を走ってくる。

恭二がちっとも電話にでないので、聡美が病院まで迎えに行ったのだ。

「すみません、案の定、病院の仮眠室で熟睡してました」

聡美は謝りながら、手早く恭二の黒ネクタイを結ぶ。

「ネ、ネズミムギ……」

だらだら汗を流し、息をはずませながら、恭二は言った。

「ネズミムギだったよ、葬儀屋さん！」

「そうですか！」

興奮気味に和馬は叫ぶ。

ついに、ついに自分はホームズになったのだ……！

恭二とハイタッチしたいところだが、場所が場所なのでぐっと我慢した。

何のことだかわからず、聡美と真梨奈はいぶかしげな表情をうかべる。

「ネズミ……？」

「ああ、間違いない。君のおかげだ、ありがとう」

恭二はいろいろ語りたかったようだが、「お席へどうぞ」と、有無を言わさず、くるみに連れて行かれてしまった。

恭二は遺族席で待つ賢太郎と拓実にも報告したのだろう。賢太郎がこちらをむき、笑顔でうなずいた。

和馬はポケットから携帯電話をとりだすと、僧侶控え室にいる翠芳にかける。

「梅澤先輩、わかりましたよ！　やっぱりネズミムギことライグラスでした」

「そうですか。今ちょうどネットでライグラスについて調べていたのですが、こんなにありふれた雑草が人を死なせてしまうこともあるんですね。さすが植物学者桜小路教授シリーズの作者、渋井和馬君です。毒のある植物には詳しいですねぇ」

「いや、まあ、はい」

和馬は少々照れながら頭をかいた。

自分で言うのも何だが、トリカブトからキノコまで、有毒植物にはかなり詳しい方だ。

遺体の枕飾りに使う樒(しきみ)だって、実と種は猛毒である。

それにしても、翠芳は、葬儀にわざわざタブレット端末を持ち込んでいるのだろうか？

いや、おそらく携帯電話の小さな画面で検索しているのだろう。

僧侶控え室で携帯電話の画面にくぎづけの翠芳を想像すると、なんだか微笑ましい。

待てよ、携帯電話で検索するのなら……

「先輩……もしかして本当は、中原邸の敷地内に生い茂っている雑草の名前がネズミムギだということをアプリで知った時に、メルボルンのライグラス事件まで検索してたんじゃありませんか？」

ハムスターではなかったと和馬が報告した時、翠芳はまったく驚いていなかった。むしろその結果を予想していたふしすらある。

「いやいや、そこまでたどりつく前に、和馬さんたちが着いたんですよ」

「そうですか……？」

僧侶を疑うのは罰当たりかもしれないが、なんとなく、翠芳が手柄を譲ってくれた気がしてならない。

ありがたいことだが、ついにホームズになったとぬか喜びした自分がなんだかせつない気がする。

自分はワトソン、いや、ルブランだったのか……。

まあいいや、これで新作のプロットもできたも同然だ。

落ちこんでいても一円にもならないから、前向きにいこう。

ころんでもただではおきるなの精神が、ミステリー作家には不可欠なのである。

「ところで葬儀は時間通りにはじめられそうですか？」

「あ、はい。さっきやっと恭二さんも席につきましたし」

和馬は小ホールの様子をうかがった。

五十用意した椅子はすべて埋まり、後方に立っている人もいる。昨夜病院にあらわれた弁護士の瀬戸も、その一人だ。

どうやら昨夜のうちに大奥様の訃報を知った地元の人たちが続々と集まっているらしい。

受付の列がどんどん長くなっていく。

腕時計を確認したくるみが、和馬の前を通りすぎ、僧侶控え室にむかっていった。

「今、宮尾が迎えにいきますので、先輩、じゃなくて、導師さまもご入場の準備をお願いします」

「わかりました。いい葬儀にしましょう」

翠芳にもどった先輩は、やわらかな美声で言った。

二

ほぼ定刻通りに、翠芳がゆっくりと小ホールに入っていった。

翠芳が着席したのを確認して、くるみがマイクの前に立つ。

「ただいまより、故中原貴李子様の葬儀・告別式をとりおこないます」

いつものかわいらしい声から少しトーンを落として、低く大人っぽい声で話している。

さすが慣れたものだ。

最初に翠芳による読経と引導の儀式がおこなわれたのだが、喪主もその弟たちも、うたた寝してばかりだった。

実は賢太郎と拓実も、遅刻こそしなかったが、あきらかに寝起きの顔でセレモニーホール入りしたのである。

拓実の予告通り、翠芳の美しい読経が、眠気に拍車をかけたのだろう。

実は和馬も、受付で立ったまま意識を失いかけたことがあった。参列者が記帳している間のわずかな待ち時間が危険なのである。

なんとか意識をたもとうと、後ろにまわした自分の手の甲をこっそりつねっているところを見つかって、聡美に笑われてしまった。

寝不足には強いほうだが、昨夜、いや、今朝は検査結果が気になって、ほとんど眠れなかったのである。

「大丈夫ですか？　本当に申し訳ありません」

和馬は頭を左右にぷるぷるっと振って、眠気を追い払う。

「謝るのはこちらです。夫のわがままのせいで、ほとんど眠れなかったんでしょう？　でも、渋井さんのおかげで、義母の死因も特定できましたし、夫も鼻高々です。本当にありがとうございました」

聡美は鷹揚に微笑んだ。

そんなふうに感謝されると、ミステリー作家として当然のことをしただけですよ、と、答えたくなってしまうが、アルバイト中なのでぐっと我慢した。

それにしても予想よりはるかに参列者が多い。

通夜と違い、葬儀の参列者はほとんどが定刻までに来て記帳をすませるものだが、どうも、今日になって大奥様の葬儀を知った人が、遅刻を承知でかけつけているらしい。

もう弔辞がはじまりそうなのに、なかなか人が途切れないのである。

小ホールはとっくに容量オーバーなので、受付をすませた人には、ロビーで焼香待ちの列をつくってもらっている。こんなことは久しぶりだ。

中原グループの取引先関係者らしき人もちらほらいるが、大半は、個人的に縁があって参列しているように見える。

「私は昔お世話になったんだけど、大奥様は絶対に百まで生きると思っていたから、本当にびっくりしたわ。ここのところの暑さが身体にこたえたのかしら」

「僕は先月お目にかかったばかりだけど、まだまだ元気いっぱいで、また一緒にラウンドしようなんて言ってたんだよ。やっぱり働き過ぎかねぇ。ほらずっと前に亡くなったご主人も、過労死って噂だっただろう?」

「それにしてもすごい数の参列者ね。さすが中原の大奥様。生前よく、自分に借りた恩を返す気があるなら、ちゃんと葬式に来なさいよ、なんて冗談で言ってたけど、冗談じゃなくなっちゃったわねぇ」

などなど、高齢の参列者たちは声が大きいので、会話の内容がこちらまでつつぬけだ。

ごうつくばばあで有名な人だったが、意外にも故人に親しみや恩義を感じている人は多いのだろうか。

「それではこれより、喪主のご岳父（がくふ）であり、貴李子さまとも生前親しくおつきあいのあった、国会議員の大嶋洋蔵先生より弔辞を頂戴（ちょうだい）いたします」

くるみに紹介され、大嶋はおもむろに起立し、祭壇の近くにあるマイクの前に立った。

陽焼けした顔に真っ白な髪が印象的な、長身の紳士である。

まずは翠芳に一礼し、続いて遺族席、遺影にも丁重に頭をさげた。

和紙に毛筆でつづられた弔辞を広げる。

「中原貴李子さんのご霊前に、謹（つつし）んでお別れの言葉を申し上げます」

最初は定型のお悔やみだった。

さすが政治家、よく通る、はっきりした発声である。

小ホールのドアが開いていることもあり、ロビーにいる人たちにもよく聞こえているようだ。

みなぴたりと静かになり、弔辞に耳を傾けている。

「さて、中原さん。あなたとは、忘れがたい思い出がたくさんあります。たとえば、まだ娘が賢太郎君とお見合いをしたばかりの時のことです」

挨拶はそこそこに、具体的なエピソードの紹介にはいった。一応、弔辞の紙を広げてはいるが、まったく読んでいない。

「実はその頃、娘には別の縁談がきておりました。あちらは官僚でありながら司法試験にも合格している、その上次男で、何ならうちに婿入りしてもいいという大変魅力的な条件の青年で、私と家内の天秤はそちらにかたむきかけておりました」

三

大嶋の予想外な話に、ロビーはもちろん、式場内にもかすかなざわめきが広がった。

「私はその縁談相手の若手官僚とは面識がありました。大変優秀で、気のきく、さわやかな青年です。

ただ写真うつりがいまいちで、実可子本人が気乗りせず、見合いの日取りが決まらずにいました。

　ところがある日の朝七時頃、突然、中原さんが私の自宅を訪ねてこられたのです。

　のらりくらりと仲人さんへの返事をひきのばしていたので、業（ごう）を煮やしたのでしょう。

　もしかしたら官僚との縁談話が耳に入ったのかもしれません。

『お嬢さんをうちの息子にください』

　開口一番で言われ、私と家内は大変面くらいました。

　仲人を介さずに直接話をしに来るのもルール違反ですが、朝っぱらからいきなり家までおしかけてくるのも非常識だ。

　追い返してもよかったのですが、別の縁談にのりかえようとしている後ろめたさがあったので、私はつとめて冷静に尋ねました。

『中原さんはなぜこの縁談にそんなに熱心なんですか？　賢太郎君ならもっと条件のいい縁談がたくさん舞い込んでいるでしょう。昔ならいざ知らず、今どきは身内に代議士などいても、何一つ良いことはありませんよ。もちろん便宜（べんぎ）をはかるようなことも一切できません』

『お察しの通り、息子はこれまでたくさんのお話をいただいて、お見合いも何度かいたしました。ですが、どのお嬢さんも気に入らなかったのです。もしかしてこの子は結婚する気がないのかもしれないと疑いはじめた時、ついに、実可子さんとなら、と申したのです。こんなことは初めてで、あたしも大変驚きました。この機会を逃したら、一生結婚できないかもしれません』

中原さんに堂々と言われ、私と家内は困惑しました。

正直、お見合いの席では、たいして話がはずんでいるようでもなかったし、どうもこの中原さんの話は疑わしい。もしかして本人にその気はないのに、母親がむりやり縁談をごり押ししているのでは、とすら感じたのです。

『それはありがたいことですが、賢太郎君は、娘のどこを気に入ってくれたのでしょうね。親の欲目で見ればまあまあの美人ではあっても、絶世の美女からはほど遠いし、ろくに特技もなく、かなり頑固で扱いづらい娘ですよ?』

普通であれば、ここは、そんなことはない、実に気立てのいい娘さんだ、など、あたりさわりのない返事をするところです。

ところが中原さんは、やはりマナー違反でした。

『さあ、あたしにはさっぱりわかりません。息子がお嬢さんのどこを気に入ったのかは、本人に聞いてください』

そんな風に開き直られ、私たちはますます困りました。

とにかく中原さんは、うんと言うまで帰ってくれそうになかったのです。

そこで私は、少々意地の悪い質問をしました。

『では逆にお尋ねしますが、賢太郎君と結婚して、娘に何かメリットはあるんでしょうか？』

こういう時は、普通の親なら、嘘でも、一生大切にします、とか、絶対に不自由はさせません、などと言うものでしょう。

だがやはり中原さんは、ひと味違っていました。

『賢太郎は無器用で甲斐性が無いから、絶対に浮気をする心配がありません』

自信満々で断言されて、私はあっけにとられました。

もうちょっとましな答えはないのかと。

ところがです。

『素敵だわ』

感嘆の声をもらしたのは、家内でした。

それはいいわねぇ、なんて、なんだか妙に感心しているんですよ。

もちろん私だって浮気をする度胸なんてありませんし、ましてや浮気は男の甲斐性だなんて昭和の昔にはやった死語をもちだすつもりもありません。しかし、何となく、家内のその態度が腹立たしかったわけです。

そこで私は、さらに意地の悪い質問をしました。

『そうは言っても、賢太郎君だって生身の人間です。魔がさすということもあるかもしれません。もしも浮気をしたら、どう責任をとってくれるんですか？』

『その時には、何でも、ご希望のものを実可子さんにさしあげましょう』

中原さんは躊躇（ちゅうちょ）なく答えました。

『なんでも？』

『ええ、うちの全財産でも、私の生命（いのち）でも、賢太郎の生命でも、好きなものをさしあげます』

私たちは無言で、お互いの目と目を見て、腹の底をさぐりあいました。

見つめあうなんてロマンティックなものではありません。

火花がバチバチと散っていました。

たとえるなら、ハブとマングースの真剣勝負です。

『それはあっぱれなご覚悟ですが、中原さんや賢太郎君の生命をいただいても何の得にもなりませんし、ましてや、娘に金品をいただくと、私が収賄の嫌疑をかけられる恐れがあり、かえって迷惑です』

『それでは、そうですね、毎年奥様のお誕生日に花束を贈らせていただきましょう。それくらいでしたら贈収賄に問われることもないでしょうから』

そう言って中原さんは、してやったりとばかりに、にっこりと笑うのです。

『……はあ？』

私があっけにとられていたら、隣で家内が大爆笑しましてね。腹をかかえてけらけら笑ってるんですよ。

おそらく中原さんは、私が何も受け取れないことを承知の上で、なんでも好きなものをさしあげると言ったのでしょう。

残念ながら私も、一本とられたことを認めざるをえませんでした。

しかしこの話には後日談があります」

会場中の参列者はもちろん、スタッフ、そして翠芳までもが、大嶋の話に聞き入った。

「家内という強力な味方を得たこともあり、それから半年ほどして、賢太郎君と娘は無事に華燭（かしょく）の典をあげるはこびとなりました。

その時も、花嫁の父としてひとこと、短いスピーチをするようにとの依頼があったので、私は中原さんが我が家に押しかけて、賢太郎君のために一肌脱いだこのエピソードを披露（ひろう）するつもりでした。

ところが、前日に、この話をしたいと中原さんに言ったら、真っ赤になって、『後生だから勘弁してください』と懇願されたのです。

『なぜです？　あなたが息子想いの優しい母親であることを紹介する、いい話ではありませんか』

『違います、あたしは優しい母親なんかじゃありません！　あたしが息子の縁談をまとめたかったのは、毎月一回、見合いに付き合わされるのにうんざりしていたからです。まかり間違っても、息子への愛情だなんて勘違いされては困ります！』

そう言いながら、真っ赤な顔から滝のような汗をだらだら流して、慌てふためいているんですよ。

私に一杯食わせた女傑でもこんな顔をするのかと、おかしくてたまりませんでした。

『こんな愉快な話を黙っている自信はありませんね。ついつい口をすべらせてしまうかもしれません』

『わ、わかりました。今度こそなんでも言う通りにしますから、披露宴だけはやめてください』

『じゃあいつなら話していいんですか？』

『弔辞なら……』

『ふーん、そうですか。それはまた随分と先ですし、そもそも中原さんの方が私よりうんと長生きしそうですけどねぇ。そうですか、弔辞ですか。うーん、そうですね……まあ、これはあくまで独り言ですが』

私は思わせぶりな調子で言って、中原さんの目を見ました。

ハブとマングースの戦い再びです。

『家内の誕生日だけでなく、結婚記念日にも花が届いたら嬉しいんですけどね』

『えっ⁉ は……花でいいんですか？』

中原さんの、腰を抜かさんばかりに驚いた顔は実にみものでした。

『何か問題でも？』

私は半年ぶりに、溜飲を下げることができたわけです。

おかげで我が家には、毎年二回、花が届くようになりました。

いつも可愛らしい、可憐なピンクの花束です。

中原さんの意外な人柄を感じさせる花でした」

四

大嶋が披露したエピソードは、葬儀の参列者たちはもちろん、賢太郎も初耳だったようだ。

賢太郎は弔辞がはじまってからずっと、そわそわとハンカチで額をおさえ、せわしなくまばたきを繰り返し、実可子に何かささやいては無視されていたのである。

「中原さん、娘が嫁いだ後も、あなたには振り回されっぱなしでしたが、常に真っ向勝負で嘘のない方でした。

そんなあなたとのやりとりを、私はいつも、驚きながらも楽しませてもらったものです。あなたのような希有(けう)な豪傑ともうお目にかかれないのは寂しい限りですが、心よりお礼を申し上げるとともに、ご冥福をお祈り申し上げます」

きっちり三分間。

話し終わると、大嶋は静かに頭をさげた。

故人の人柄をあらわす一つのエピソードを掘り下げろ、という、弔辞のセオリーにのっとったものでありながら、聞く者すべてをあっけにとらせ、面白がらせ、そして、しみじみとした気持ちにさせる三分間でもあった。

「さすが大奥様、肝がすわってるわね。大嶋先生を相手に啖呵を切るなんて、なかなかできることじゃないわ」

「たしかに大奥様は嘘をつかない人だったな」

「そのぶん口も悪かったけど」

ロビーで列をつくっている人たちの多くが、苦笑いをうかべつつも、懐かしそうな顔をしている。

中にはハンカチで目もとをおさえている老婦人もいて、和馬はびっくりした。今の弔辞がきっかけで、思い出があふれてきたのだろう。

大嶋が席に戻ると、翠芳が焼香をおこなった。

弔辞で狐につままれたような顔をしていた賢太郎だが、くるみにうながされると表情をあらため、焼香に立つ。

その後、遺族、そして一般の参列者たちと、焼香が続く。

厳密には親族の焼香までが葬儀で、一般の参列者の焼香からは告別式なのだが、今日は時間が押しそうなので、区切ることなく続けている。

「申し訳ないが、次の予定があるので私はこれで失礼させてもらいます。またあらためて弔問にうかがわせていただくと賢太郎君にお伝えください」

焼香を終えた大嶋が、受付で聡美に告げた。

「お忙しい中、本当にありがとうございました」

聡美が礼を述べると、和馬も一緒に頭をさげる。

「先生、すばらしい弔辞でした」

「わたくし、感涙(かんるい)いたしました」

ロビーの参列者たちに賞賛されながら、大嶋は、秘書とともに、青井セレモニーホールから去っていった。

他の参列者たちは、ほとんどが、出棺を見送るつもりのようだ。

焼香を終えた一般の参列者たちをくるみがロビーに誘導したので、式場内はすし詰めにならずにすんでいる。だが当然、ロビーの方はかなり混雑してきた。

待ち行列の長さに焼香を断念し、記帳だけして帰っていった人も少なくない。

ようやく受付の手があいた頃、真梨奈が式場をぬけだしてきた。

「受付交替します。お焼香してきてください」

真梨奈は聡美に小声で言う。

「あら、そう？　あたし別にいいんだけど」

「あたしが実可子さんに叱られます」

「あらま。じゃあお言葉に甘えさせてもらうわね」

聡美はあっさり抵抗をやめて、焼香の列の最後尾についた。

大奥様亡きいま、若奥様が絶対の存在になった……というわけではなく、おそらく、聡美が遠慮無く交替できるように、という、真梨奈なりの心遣いなのだろう。

「あ、念のため言っておきますけど、本当は実可子さん、あたしのことを叱ったりしません」

真梨奈はおもむろに和馬に釘を刺す。

「わかってます」

「冷たい目でちらっとあたしを見るだけで」

「なるほど……」

真梨奈は真梨奈なりに大変らしい。

いや、実可子もああ見えて、我慢に我慢を重ねているのかもしれないな、と、和馬はミステリー作家らしく、それぞれの心中を察してみた。

「それにしても、この調子だとお焼香が終わるまで、あと三十分はかかりそうですね。まだこれから来る人もいるかもしれないし」

真梨奈は、なかばあきれ顔で、ロビーでとぐろをまいている焼香待ちの列をながめる。

「もしこの後、かけつけてくる方がいらしても、記帳していただいたら、出棺見送りのためのロビー待機組に合流してもらうことにしましょう。火葬の時間に間に合わないと大変なことになります」

「大変なことって？」

「松戸の斎場は今日、最終の十五時半まで予約がいっぱいです。もし予約時間に間に合わないと、火葬できないということになります。運良く霊安室があいていれば、ご遺体を預かってもらえますが、そうでなければ、ご自宅に連れて帰っていただくことになります……」

和馬の声と顔がだんだん暗く小さくなっていく。

「えっ、自宅に？　だってこの暑いのに連れて帰ったりしたら……その……におい、とか……？」

真梨奈も声をひそめて言う。

「ひたすら保冷剤でしのいでいただくしかありません」

「それはたしかに大変ですね」

「そうなんです」

和馬は大きくうなずく。

だが話していて、次第に不安が大きくなってきた。

予定では十三時出棺の十四時火葬だったのだが、この調子ではとても十三時に出棺できそうもない。

十四時までに松戸の斎場に到着するためには、遅くとも十三時半には出棺しないとならないのだが。

ちょっと失礼します、と、真梨奈に断って、インカムでくるみをよびだす。

「くるみちゃん？　ロビーの外にまだ百人くらい並んでる人がいるから、焼香を急がせて」

「そんなにですか。わかりました。お花早めに用意しますね。和馬さんはバスの運転手さんに連絡しておいてください」

「諒解（りょうかい）」

和馬は短く答えた。

もし万一、本当に、遺体を今日中に火葬できないなんてことになったら、元祖まごころ葬儀社も信用を失って大変なことになる。

よりによって大奥様のお葬式で大失態をしたヘボ葬儀社として、あっという間に青井市中に悪評が広がるに違いない。

もちろん社葬どころの話ではなくなるだろう。

ごめん、父さん、先代、先々代。

思わず和馬は心の中で手を合わせたのであった。

五

一時はどうなることかと危ぶまれた中原貴李子の火葬だが、遺体をのせた霊柩車はなんとか十四時ちょうどに斎場にすべりこんだ。

朝のラッシュ時を思わせるぎゅう詰めのマイクロバスがその後に続く。

通常、火葬場までわざわざ見送りにくるのは、親族とごく親しい友人だけなので、マイクロバスが満席になることは滅多にないのだが、今日はマイクロバスだけではたりず、次から次へとタクシーや自家用車が到着した。

「葬儀屋さん、お花はまだある？　あたしは大奥様に、告別式でお花を手向けるって約束したのに、セレモニーホールでは息子さんたちが花を入れたらすぐに蓋をされちゃったじゃない？　困るんだけど」

「えっ」

品の良い老婦人が和馬に苦情を言うと、わらわらとまわりに人がよってくる。

「あたしもよ、葬儀屋さん。まだ祭壇にお花たくさん残ってたし、ここで入れられるわよね？」

「僕も大奥様と約束したんだ。約束を破ったって、大奥様が化けてでたらどうしてくれるんだよ」

マイクロバスやタクシーからおりてきた参列者たちが、一斉に同じ事を言いだした。

たしかに時間は短かったが、遺族が棺に別れ花を入れたら蓋を閉じて出棺するのは、通常のオペレーションである。

まさか故人が大勢の人とそんな約束をかわしていたとは。

「ちょ、ちょっと待ってください。すぐに確認します」

参列者たちに詰め寄られ、和馬は青くなった。

炉の前に棺を安置しておこなう納めの式のために、少量の花は斎場の方で用意してくれているはずだ。

だがこんなに多勢だと、とても花がたりそうにない。

たしかに祭壇の花はまだ大量に残っていたが、今から松戸まで運んでもらっても、とても火葬には間に合わないだろう。

今夜には元祖まごころ葬儀社は不親切だったという噂が青井市中をかけめぐるに違いない。

万事休す。

和馬が天を仰いだ時、花屋のバンからくるみがおりてきた。

両手に大量の花を抱えている。

「くるみちゃん！」

「セレモニーホールで出棺を見送った人たちから、火葬場で花を手向けたいって言われたので、大急ぎで車にのせてきました」

祭壇の片づけに来た花屋に頼んで、花と自分を運んでもらったのだという。

「よし、最後の読経中に、棺の窓から花を入れてもらおう」

和馬はうなずく。

翠芳に事情を話すと、快く許してくれた。

「大嶋先生の弔辞といい、大奥様はお花がお好きだったんですね……」

早くも感動して、涙をはらりと流す。

草ぼうぼうの中原邸の庭を目にしてもなお、大奥様は花が好きだったと本気で言えてしまうところが、翠芳ならではだ。

茎や葉までは棺に入りきらないので、花だけをハサミで切って、参列者に一輪ずつ渡していった。

炉の前で翠芳が読経している間、遺体の顔の周囲を花でうずめていってもらう。

「おばあちゃん、きれいなお花がいっぱいでよかったねぇ」

最後は孫たちに花を入れてもらい、窓を閉じると、棺を炉におさめたのであった。

終章　三兄弟というのは、えてして仲が悪いもの

一

火葬終了後は、遺族と翠芳だけで青井セレモニーホールに戻った。

和室にしつらえた白い小さな後飾りの祭壇に、斎場から持ち帰った遺骨を安置して、初七日の法要をおこなう。

翠芳の読経中、居眠りする者が続出したが、夕方四時には精進落としとなった。

昨夜と同じメンバーの前に懐石御膳がならぶ。

違うのは、中原貴李子が遺体から遺骨になったこと。そして、すべてが終わって、全員の顔がおだやかになっていることだ。

遺族たちにとっても、和馬と翠芳にとっても、長い長い二十四時間だった。

昨日はあれほど恐ろしかった遺影の表情までが、どこかなごんだように見えるから不思議なものだ。

上座についた翠芳と賢太郎が当たり障りのない話をしているのを見守っていると、和馬は、つい、眠気にさそわれそうになる。

まだ葬儀社の仕事がすべて終わったわけではない。

忘れ物がないように帰宅してもらわないと、と、和馬がこっそり手の甲をつねっていた時。

「すみません、ちょっとよろしいですか」

聞き覚えのある若い男性の声に、和馬ははっとした。

昨夜病院にあらわれた、弁護士の瀬戸である。

瀬戸は悔やみの言葉もそこそこに、本題をきりだした。

「賢太郎さん、例の封筒は持って来られましたか？」

「はい。え、今、開封するんですか？」

「ええ。みなさんがいらっしゃる所で開封する、と、言っておられましたよね？」

開封するタイミングはまかせると言ったものの、やはり内容が気になっているのだろう。

「私は席をはずしましょうか？」

「ああ、では、私もこれで失礼します」

和馬と翠芳が立とうとすると、ご機嫌な恭二が止めた。

「別にかまいませんよ。遺言状じゃないんだし」

恭二はやや強引に、翠芳のコップにビールをそそぐ。

「まあ、それもそうだな。ではあけてみましょう」

賢太郎は昨夜四人で押印または署名したガムテープをはがし、開封した。

「宝の地図かもしれないよ？」

「本当に!?」

拓実の冗談をまにうけて、子供たちが真剣な眼差しで見守る。

「あれ？」

賢太郎はいぶかしげな表情をした。

茶封筒からでてきたのは、白い便箋にしたためられた手紙だったのである。

賢太郎は茶封筒を大きく開き、中をのぞきこんだ。しかし手紙の他には何も入っていない。

「ただの手紙？」

「そうらしい」

首をかしげる拓実に、賢太郎は空の茶封筒を渡した。

拓実は茶封筒をひっくり返して振ってみるが、何も落ちてこない。

「からっぽだな」

恭二も茶封筒の中を確認してうなずいた。

「どうしてわざわざ弁護士さんに預けたんだろう？　まさか父さんの隠し子がいるとかじゃないだろうな」

恭二の冗談に、和馬はあやうくコップを取り落としそうになった。

恭二さん、それ、葬式あるあるですよ、と、声にはださずコメントする。

「じゃあ読むぞ。ええと、息子たちへ」

賢太郎が音読する手紙を、子供たちはのぞきこんだ。

「まず最初に書いておきます。遺言状はありません。なぜなら中原家には、そもそも、相続すべき遺産がほとんどないからです」

冒頭二行を読んだところで、賢太郎は顔をあげた。

「どういうことだ？」

弟たちに尋ねるが、二人ともあぜんとしている。

「さあ……」

「まさか勝手に寄付したとか？」

「あのごうつくばばあが⁉」

よほど驚いたのか、大声をあげたのは真梨奈だ。しかし、たしなめる者はいない。

「とにかく続きを読むぞ」

賢太郎が咳払いをすると、ざわめきがぴたりとおさまった。

大人たちは全員、固唾(かたず)をのむ。

二

「あなたたちのお父さんは、バブルの申し子のような人でした。

駅前に大きな映画館やゲームセンターを次々につくり、ブランドショップを誘致し、美術品を買い入れ、雑木林や梨畑をつぶしてゴルフ場にしました。

株もたくさん買ったし、投資も大好きでした。

次はいよいよ遊園地だな、なんて息巻いていたものですが、ある日突然、脳梗塞(のうこうそく)で倒れてそのままあの世行き。

残ったのは、ブームが去って閑古鳥(かんこどり)がなく商業施設と、莫大な借金、そして暴落した株券だけ」

そこまで読んで、賢太郎はため息をついた。

「そういえば高級ブランドがならぶファッションビルがあったな……。もうずいぶん前に閉店したけど」

「すっかり忘れてたよ」

賢太郎の言葉に、恭二も遠い眼差しになる。

「へぇ、青井にそんなのがあったのか」

拓実の記憶には残っていないようだ。

「しかもお父さんは、さんざんあれこれ投資していたくせに、生命保険に加入していませんでした、だってさ」

「なんでだよ、節税にもなるのに」

恭二が舌打ちする。

「地道な節税になんか興味なかったんだろうな」

賢太郎は苦笑した。

「そんなこんなで、中原家に財産はありません。

お父さんが残した莫大な借金を返してあげただけでもありがたく思うように。

以上。

……だそうだ。とりあえず三人宛てはここまでで、あとは一人一人へのメッセージになってるな」

「大嶋先生の弔辞で、全財産をさしあげるって母さんが啖呵を切ったって話を聞いたけど、そもそも財産なんて何もなかったんじゃないか」

「オチを聞いて合点がいったよ。まんざら嘘でもなかったんだな」

恭二と賢太郎はしみじみとした表情で、うなずきあう。

「待てよ、青井駅前のオフィスビルとかどうなってるんだ？」

恭二は母の手紙に納得がいかないようだった。

「中原地所の所有だろうな。もしあれが母さんの個人資産だったとしても、とても相続税を払えないよ」

「なんてこった」

恭二はあからさまにがっかりした様子だった。

病院の経営立て直しのためにも、遺産をあてにしていたのに、すっかりはずれてしまったのだろう。

本当に自分がこの場にいてもいいのか、いたたまれなくなった和馬だが、もう席をはずすタイミングとしては遅すぎる。

この際、ひたすら気配を消して、空気にとけこむしかない。

子供たちは、大人たちの小難しい話に飽きて、二人で遊びはじめたようだ。

「家は？　まさか家賃払ってるってことはないよね？」

拓実が不安そうな顔で賢太郎に尋ねる。

「登記簿を確認したことはないが、いくらなんでも持ち家だろう。もしあの物件を管理しているのが中原不動産だったら、絶対に庭を手入れしてるよ」

「それもそうか。でもそんなに莫大な借金があったのに、よく家が残ったね」

「まったくだ」

「私はそのあたりのご事情を、お母さまからうかがっております。年に一度、お父さまの命日には、必ず墓参りに来てくださっていましたので」

それまで黙って話を聞いていた翠芳が、おもむろに口を開いた。

「墓参り？　しかもご住職に昔話を？」

大人たちの視線が、翠芳に集中する。

顧問弁護士の瀬戸も、なぜ僧侶が、と、いぶかしむ表情をしているが、和馬だけは、さもありなん、と、思っていた。

とにかく翠芳は、檀家の情報を知り尽くしているのだ。

どうも女性、特に老婦人たちは、翠芳の前では、自慢話から愚痴まで、ついつい話したくなるようである。

「そういえば蓮の花が好きだって知ってたな。ご住職が母さん好みの美僧だから、年に一回、鑑賞に行ってたんじゃないか？」

「その可能性はあるね」

恭二と拓実が小声でささやきあう。

「みなさんのお父さまが亡くなられた時、ご自宅も、ある都市銀行の抵当に入っていたので、差し押さえられるのは時間の問題だったそうです」

翠芳は静かに語りはじめた。

なんとか家だけでも守ろうと、貴李子は金策に奔走したのだという。金融機関、親戚、親しかった友人、そして知人。

しかし誰一人、助けの手をさしのべてはくれなかった。

ちょうどバブルがはじけて、あらゆる人の財布の紐がかたくなった時だった。また、お嬢さん育ちでろくに働いたことすらない貴李子に、金を貸しても返せるはずがない、とも考えたのだろう。

美術品も、宝石も、着物もすべて売り払ったが、足もとを見られて、二束三文で買いたたかれた。

最後に一縷の望みをかけて、岡山の実家に行った。それまで何度電話をかけても、手紙を書いても、金を貸してくれなかった父に、せめて、自分の相続分を生前贈与してもらえないかと頼み込んだ。

しかし財産はすべて長男に相続させるのが代々の決まりだから、嫁に行った娘に渡すものはないと、父の対応はけんもほろろだったのである。

あなたに財産を分けたら、もう一人の妹にも分けないといけなくなるでしょう、と、兄嫁が能面のような顔で告げた。

兄に至っては、顔も見せようとしない。

優しい父と兄だと思っていたのに。

だがここで引き下がっては、自分と三人の子供たちは路頭に迷ってしまう。

貴李子は開き直って、遺留分が法律で定められているはずだ、それもだしてくれないのならここで死んでやる、と、自分の胸に包丁をつきつけ、父と兄を脅した。

もう二度と実家の敷居をまたげないのは覚悟の上だ。

腰を抜かした父にかわって、金を用立ててくれたのは母だった。

「ありったけの貯金をおろしてきたわ。今うちにはこれだけしかないの。これを持って帰って。そしてもう二度と顔をださないで。お父さんが死んでも、お母さんが死んでも、葬式にはよばないわ」

貴李子は黙って頭をさげると、金を抱えて帰った。

金がないことの悔しさと惨めさをかみしめながら。

背に腹はかえられない。

なんとか当面の資金繰りのめどが立った貴李子は、中原グループの立て直しに乗り出した。

青井信用金庫からの貸付がある者には、容赦無く取り立てさせる。

グループ会社の不採算部門はすべて閉鎖させた。中には会社ごと廃業を決めたものもある。

役員もふくめ、不採算事業にたずさわっていた者たちはすべからくリストラし、解雇した本人はもちろん、家族からも恨まれた。

いつしか自分はごうつくばばあとよばれるようになっていたが、気にしなかった。

気にする余裕などなかったのだ。

「壮絶ですね」

三

翠芳の話に、賢太郎はため息をついた。

「だから岡山の親戚とは絶縁なのか。物理的に遠いから、自然に疎遠になったのかと思ってたけど、そんなことがあったんじゃ、こっちから縁を切ってやるくらいに思うのは当然だな」

なるほど、と、恭二も納得する。

「兄さんたちは、その頃のこと覚えてるの？」

拓実の問いに、恭二は首をかしげた。

「うーん、父さんが死んだ時、おれは十歳だったけど、正直、あんまりよく覚えてないな。たしかに母さんは全然家にいなくて、ご飯はいつも兄弟三人だけだった気がする。賢太郎兄さんはけっこう覚えてるんじゃない？」

「十二歳だったからな。だが、母さんが毎日暗い顔をしていて、どんどんやせていくのは、父さんが死んで悲しいからだとばかり思っていた。そんな事情だとは、まったく気づいてなかったよ……」

賢太郎は翠芳の話がかなりショックだったらしい。

「幸い、賢太郎さんが弟さんたちの面倒をよくみてくれたので、お母さまは安心して仕事に専念することができたと言っておられました」

翠芳が言うと、賢太郎は苦笑いをうかべた。

「好きで弟たちの面倒をみていたわけじゃありません。母が帰ってこないので、私がやるしかなかったんです」

「十二歳の兄さんが、四歳の僕にご飯を食べさせたり、お風呂にいれたりしてたの？」

拓実は驚いて、賢太郎に尋ねる。

「うーん、それはさすがにないんじゃないかな。でも保育園のお迎えは私が行ってた気がする」

「賢太郎兄さんって、本当にけなげな少年だったんだね……」

拓実がしみじみ言うと、真梨奈も、うんうん、と、うなずいた。

翠芳にいたっては、目頭をハンカチで押さえている。

「おれも兄さんには世話になったな」

恭二は今度は、賢太郎のコップにビールをつぎながら言った。

「ある夜、腹が痛くなったことがあったんだけど、母さんに言っても、うるさい、どうせ食べ過ぎだから一晩寝れば治るってとりあってくれないんだ。仕方ないからその夜は我慢して寝ようとしたんだけど、どんどん痛みがひどくなってきた。翌朝、もう一回母さんに腹痛を訴えたら、学校サボりたくて嘘ついてるんだろうって決めつけて、さっさと仕事に行っちまったんだ」

「えっ、それはひどいわ」

今度は聡美が驚きの声をあげた。

実可子は何も言わないが、眉間にきゅっとしわをよせている。

「ひどいんだよ。おれの尋常じゃない痛がりっぷりに、兄さんが心配して、学校の保健室までかついで行ってくれたんだ。養護の先生がこれは盲腸だろうってすぐに救急車よんでくれて助かったんだけど、あやうく手遅れで死ぬところだった」

「そういえばそんなこともあったな」

賢太郎はなつかしそうに言う。

どうやらその程度のことは、驚くに値しないらしかった。

「ところが母さんは、入院したおれに、この忙しいのに余計な手間をかけさせてって文句言ったんだぜ。もうぽかーんだよ。もちろん見舞いにきたのは兄さんだけだし。ご住職の話を聞いて、母さんも切羽詰まってたんだってわかったけどさ」

「いくら盲腸だと気づかなかったとはいえ、そんな重症の子を病院に連れて行かないなんて、今だったら虐待で問題になるところですよ」

とうとう我慢の限界がきたのか、実可子がボソッと言った。声はおさえているが、怒りに頬を紅潮させている。

「実可子さんは優しい方ですね」

「えっ!?」

翠芳は貴李子をかばうのではなく、実可子をほめた。こういう場のなごませ方のうまさには、和馬もびっくりする。

「もしかして、恭二兄さんが医者になったのは、それがきっかけ?」

「そうかもな。医者のありがたみが身にしみたし」

恭二は、やれやれ、と、肩をすくめた。

「話を戻すけど、どうして母さんは、父さんが莫大な借金を残して死んだことを、私たちには全然話してくれなかったんだろう。住職さんには話したのに……」

「父さんのことを一切思い出したくなかったとか?」

恭二が肩をすくめると、拓実もうなずく。

「たしかに父さんの話は全然しなかったね。そんなことがあったんじゃ当然だけど」

「それもあったのかもしれませんが、お母さまなりに、子供たちの前で父親の悪口を言いたくないと、気をつかわれていたのではないでしょうか？」

「はあ……」

翠芳が貴李子をかばうと、息子たちはそろって、チベットスナギツネのような仏頂面になった。

母はそんな良い人じゃありません、という、心の声が聞こえるようだ。

「あと二つ理由はあると思います」

仕方なしに、翠芳は続けた。

「一つは、中原家が莫大な借金をかかえていることを知って、息子さんたちがつらい思いをしないように、という配慮でしょう」

「それはたしかに、明日、住むところがなくなるかもしれない、と、おびえながら暮らすのは、子供でも、つらく、みじめだったかもしれません」

今度は賢太郎が納得してくれたので、和馬はほっとする。片っ端から却下されたのでは、翠芳が気の毒だ。

「昨日まで中原家のお坊ちゃまだったのが、いきなり貧乏になったことが知れたら、学校でいじめられたかもな。まあおれだったら、倍返ししてやっただろうけど」

こちらは恭二である。

「誕生日のケーキも忘れられがちだったけど、そもそもお金がなかったんだね」

「いや、そこは本当に忘れていた可能性も大じゃないか？」

「そうかも。母さん仕事人間だったし。僕がしょんぼりしていると、見かねた賢太郎兄さんがホットケーキ焼いてくれて嬉しかったな」

拓実がなつかしそうに顔をほころばせた。

「そんなこともあったかな」

賢太郎の方は記憶がおぼろげらしい。

「あったよ。母さんはホットケーキどころかトースト一枚、僕のために焼いてくれたことがなかったけど。朝から晩まで仕事ざんまいだったから」

真梨奈も指摘していたが、とにかく拓実は食べ物に関する不満の記憶が多い。

「今にして思えば、母さんは料理が苦手だったのかもしれない。父さんが生きていた頃は家政婦さんが毎日来ていたし、もう長らく台所に立つ姿を見たおぼえがないな」

「見かけによらず、お嬢さん育ちだったせいか？」

「そうかもね」

三人はため息まじりの苦笑いをうかべる。

「それに、そうだ。服も兄さんたちのおさがりばっかりだった。ドケチだと思ってたけど、純粋に貧乏だったんだな」

拓実は二人も兄がいるので、新しい服をまったく買ってもらえなかったのだという。

「恭二兄さんは子供の頃から身体が大きかったから、僕が着ると、ウエストとか絶対ゆるゆるになっちゃうんだよね」

「文句はおれじゃなくて母さんに言えよ。その点、兄さんはいつも新品の服だったんだろ？」

恭二が尋ねると、賢太郎は肩をすくめた。

「甘いな。私もほぼ古着だったよ。まさかそんなに困窮していたとは夢にも思わなかったし、なんてドケチな母親だろうって、うんざりしていたとも」

息子たちは、期せずして、同時に破顔する。

いくら酒が入っているとはいえ、三人の笑い声は、貴李子が腹を立てて化けてでないかと心配になるくらいだ。

苦労をわかちあったぶん、本当にこの三人は仲が良いんだな、と、あらためて和馬は感じた。

四

「あともう一つは、息子さんたちに対して、後ろめたかったと言っておられました」

後ろめたいという翠芳の言葉に、他にもまだ母は隠していたことがあるのか、と、息子たちは身構えた。

「後ろめたいとは、何がですか？」

賢太郎の声に緊張感がにじむ。

「必要に迫られてはじめた仕事で、最初はただ無我夢中で必死だったけど、途中から、面白いと感じるようになってしまった。気がついたら、すっかり子供そっちのけで、仕事にのめりこんでいたそうです。お母さまの経営スタイルにはいろいろ批判もありましたが、莫大な借金も完済されたようですし、生まれついての商才に恵まれておられたんでしょうね。もちろん勉強もされたんでしょうけど」

「ついつい商売が面白くて、子育てより優先してしまったのが、母親として申し訳ない、と？」

賢太郎が不思議そうな顔で首をかしげると、恭二もうなずく。

「別にいいのにな」

「いいんですか?」

「うん。それこそおれたちが事業大好きだった両親の遺伝子を受けついでるからそう思うのかもしれないけど、子育てと仕事のどっちを優先するかは人それぞれじゃないかな。母親たるもの、必ず子供が最優先であるべきってことはないよ。逆に、男たるもの、仕事を最優先にすべきとも思わないし、夫婦ともに仕事を優先したければ祖父母を頼むか、人を雇うかすればいい」

良いこと言った、と、恭二は得意げな顔をした。

「いやでも盲腸の子は病院に連れて行かないと」

賢太郎がため息をつくと、すかさず拓実が指摘する。

「そこが後ろめたかったんじゃない?」

「そこか」

「実際問題、あのごうつくばりで口やかましい母さんにかいがいしく面倒をみられたら、かえって憂鬱(ゆううつ)でつらかったと思うんだよな。その上、料理が苦手ときたら、お互いストレスがたまりまくっただろうし」

「間違いないね」

三兄弟はケラケラ笑った。

すっかりご機嫌な三人を見て、妻たちはあきれ顔である。

「ところで手紙の続きはそれぞれ宛てなんですか?」

とうぶん終わりそうになかった昔話に、瀬戸がわりこんだ。

実は和馬も手紙のことが気になっていたので、瀬戸が言いだしてくれてほっとする。

「ああ、そうでした。じゃあ残りは各自で」

賢太郎は「恭二へ」と書かれた便箋を恭二へ、「拓実へ」と書かれた便箋を拓実に渡す。

どれも便箋に半分ほどの短文だったが、賢太郎が黙読し、複雑な表情で考え込んでいるのに対し、恭二はずっと「はあ?」「ええ?」などと不満の声をあげていた。

最後に「うわっ、そうきたか」と頭をかきむしったのは拓実である。

「どうした、拓実?」

「いやもう、びっくりした。兄さんたちは驚くようなこと書かれてなかった?」

「おれはさんざんだよ! まあ聞いてくれ」

恭二は自分宛ての文面を読み上げた。

「恭二へ
あなたは私が中原総合病院に資金援助をしないのは、私がごうつくばりでドケチだからだと思っていますね。そして私の遺産で病院の赤字を埋め、あわよくば新しい設備を入れようと目論(もくろ)んでいるようですが。

残念でした。

そんなこんなで中原家の金庫は空っぽよ。

もっとも、お金があっても、あなたの病院にだけは援助しませんけどね。

あなたの経営センスの無さは、死んだお父さんにそっくり。

何よりあなたは医療設備に頼りすぎです。

病院の経営を圧迫するほどの設備投資は感心しません。

聡美さんの賛成が得られない高額設備はあきらめるのよ。

自分の腕をもっと信頼なさい。

ちなみにあなたがヤブ医者だというのは、もともとは隣町の医者がながしたデマですが、あなたがやたらと検査をしたがるのを年寄りたちが嫌がっているのに気づくべきでしょう。

以上
だってさ！」

恭二は読み終わると、憤然として、便箋を畳にたたきつけた。

「お金があっても援助しませんとか、何だよもう。それが母親の言うことか！　結局ドケチなんだろ。余計なお世話だよ、まったく」

「恭二兄さんの病院って、全然母さんから援助してもらってないの？　中原グループの系列ってことになってるから、僕、てっきり、母さんが建てたのかと」

「普通に青井信用金庫の審査を受けて、融資してもらったんだよ。ちゃんと利息もがっつりとられてる。まあ系列病院ってことで、健康診断や人間ドックの提携はさせてもらってるけど、それは全部聡美ががんばったんだ」

拓実の問いに、恭二は苦々しげに答えた。

「聡美義姉さんって、本当に有能なんだねぇ」

「おれが無能みたいに言うな」

恭二は腕を組んで、チッと舌打ちした。その隣で、聡美が肩をふるわせて笑っている。

しかし恭二は心当たりがあるからこそ、ここまでプンプン怒っているのだろう。

いろいろ耳が痛かったようだ。

「思えば昔っから母さんはおれに冷たかったよ。盲腸の時も、医学部を受験したいって言った時も」

チッ、チッ、チッ、といらだたしげに恭二は舌打ちを続ける。

「お母さまは、いつも、恭二さんのことを自慢しておられましたよ」

「いいですよ、そんな嘘っぽい慰めは」

すっかり不機嫌になってしまった恭二は、翠芳に失礼な言葉をなげつけた。

「あ、恭二さん自慢でしたら私も聞いたことありますよ」

右手をあげたのは瀬戸である。

「大奥様が以前、祖母に話しておられたのを横で聞いていました」

なんでも瀬戸の祖母は骨董屋で、貴李子は昔からのお得意さんだという。瀬戸が顧問契約をしてもらったのもその縁らしい。

「瀬戸さんもですか」

翠芳は嬉しそうに微笑んだ。

「はい。医学部だと最低でも六年間は大学に通う必要があります。下に拓実さんもひかえているし、六年間も私大の医学部に行かせるのはとても無理だったが、恭二さんが絶対に医者になると譲らない。困った大奥様は、国立の千葉大医学部に現役で合格したら許してやってもいいと言ったが、まさか本当にそんな難関に合格するとは夢にも思っていなかったのでびっくりした、と」

大奥様はかなり自慢げでしたよ、と、瀬戸にまで言われては、恭二も受け入れざるをえないらしい。

むうう、と、くやしそうにうめく。

「ドケチ……というか、単なる貧乏で反対していたのか。しかも落ちるに違いないと思って、言っていたとは……」

「恭二さんが医学部に合格したことを本当に喜んでおられましたよ」

「ご住職、受験料が無駄にならないですんだのだけは良かった、と、二百回は言われました」

「それは本心だね。間違いない」

拓実が言うと、兄たちは力強く同意したのであった。

五

「で、拓実、そういうおまえは何を書かれてたんだ？」

少し気が晴れた様子で、恭二は弟に尋ねた。

「あー、まあ、恭二兄さんのと似たりよったりだよ。

拓実へ

あなたがぜひやりたいと言うのでフレンチレストランを一軒まかせてみましたが、ひどいものでした。

あなたはまったく支配人にはむいていません。

日替わりのお子様ランチなんて不採算にもほどがあります。

子連れだと親は自動車で来ることが多く、ワインを飲めません。当然、客単価もさがります。

また、食材も、高価なものを仕入れすぎです。

これではいくらお客さんが入っても、利益があがりません。

ただし、評価すべき点も一つだけありました。

子供たちの評判がなかなかよかったことです。

あなたはフレンチをすっぱりあきらめて、子供むけメニューに特化した食堂をやるべきでしょう。

ただしそのためには、まず、栄養学や子供の教育学の勉強から取り組みなさい。

以上

だって。どう思う？」

拓実は兄たちの反応をうかがった。

「拓実の店、フレンチだったのか。てっきりファミレスだと思ってたよ。お子様ランチやプリンだしてるし。うちの子たちは大ファンだけど」

「拓実おじさんのお店のプリン大好き！」

それまで大人たちの会話に無関心だった悠真が、急にくいついてきた。

「今度パパとママとみんなでおいで」

「うん」

子供たちは二人とも嬉しそうににこにこしている。

「たしかに子供のハートはつかんでるな」

恭二の感想に、その場が一気になごむ。

「僕が、お子様ランチをやろうって言った時、シェフは最初、本気ですかって驚いてたけど、最近では自分からいろいろアイデアをだしてくれるようになったよ。実はフランスで十年以上修業した、鴨料理の達人なんだけどね」

「なんだかちょっと気の毒になってきた。今度おまえの店に行ったら、鴨料理を注文するよ」

恭二の意見に、和馬も思わずうなずいてしまう。

「母さんが急死して、フレンチレストランの支配人解雇の話も白紙になるはずだが、この際、勉強し直したらどうだ？」

「賢太郎兄さんまでそんなことを……」

拓実はがっくりとうなだれた。

本人としてはフレンチレストランの続投を希望しているらしい。

「今の店をファミレスにじわじわ移行するのって、無理なのかなぁ」

「鴨料理の達人シェフは、それなりの高給だろう？　おまえがやりたい子供むけの単価の安い店だと採算がとれないと思う。場所だって駅近の一等地よりも、住宅地の方がいいんじゃないか？　賃料もさがるし」

「うっ」

拓実がうめき声をあげて胸を右手でおさえると、真梨奈がプッとふきだした。

「実は今、小学校のすぐ近くにある空き地を、暫定的に駐車場にしてるんだが、有効活用できないかオーナーさんから相談をうけてたんだ。たぶん広さもちょうどいいんじゃないかな」

「本当に!?」

拓実が顔を輝かせる。

「さすが中原不動産」

恭二が感心して拍手した。

「どういう店にしたいか、じっくり考えるといい。ただし開店資金の融資はできないから、青井信用金庫の審査をパスするんだな」

「ありがとう、頑張るよ」

慈愛に満ちた兄の助言に、拓実は素直にうなずく。

そんな兄弟の様子を、翠芳も嬉しそうに見守っている。

「ところでその手紙、追伸がついてるようだが？」

「見えた？」

拓実は困り顔をした。

「読みたくないなら別に無理することはない」

「うん、実はちょっと……」

えっ、すごく気になるんですけど、という言葉が和馬の喉もとまででかかる。

「おれにだけこっそり見せてみろ」

恭二が拓実の手から便箋をもぎとった。

「あっ、何するんだよ！」

「これはひどいな。

追伸
だから真梨奈さんはやめておけって言ったのに、私の反対をおしきって結婚しちゃうから。
一生後悔し続けなさい。

おいおい、母さん、何も弁護士さんに預ける手紙にこんなこと書かないでも」

「ひどいわ……！」

名指しされた真梨奈は、もちろん、ムッとした顔をするし、兄夫婦たちも気まずそうな表情になる。

「そもそも、あたしたちがこんなことになった原因の大半は、お義母さんなのに！」

「真梨奈さんの気持ちはよくわかるわ」

聡美が、うんうん、と、うなずいて、真梨奈をなだめる。

「さっさと離婚しろって思ってるならそう書けばいいのに、滅茶苦茶感じ悪いよね」

拓実も、あーあ、とため息をついた。

「離婚なさる時はいつでもご相談ください」

瀬戸がここぞとばかりに便乗してくる。

和馬は翠芳にむかって、何とかしてください、と、目で訴えた。しかし翠芳は、首を左右に振るばかりである。

まるで忍者のように完璧に空気にとけこんでいたつもりだが、ここは自分が何とかするしかないか。

本来、葬儀屋が、遺族の会話に口をはさむべきではないのだが、ミステリー作家としての深読みを黙っているのはつらすぎる。

「あの、これって、逆だと思うんですけど……」

和馬は遠慮がちに発言した。

「逆?」

拓実はけげんそうな顔をする。

「はい。一生後悔し続けなさいってことは、一生別れることなく、そいとげろって意味じゃないかと。だって、離婚したら、一生後悔する必要なんかありませんよね?」

「ええっ、そういうことなの⁉」

拓実は両手で髪をかきまわした。

せっかく整髪料でセットしてあったお洒落なスタイルが台無しである。

「夫婦げんかをするたびに、ああどうして自分はこの人と結婚してしまったんだろうって、後悔するがいい……といったところかしら。お義母さんらしい意地悪な書き方だけど、お義母さんなりに、拓実さんと真梨奈さんのことを心配してるとも言えるかもしれないわね」

実可子の解釈に、真梨奈は深々とため息をつく。

「お義姉さん、ちょっと面白がってますか？」

「あら、ばれちゃった？」

ふふふ、と、実可子は微笑んだ。

「長年の研究で、敵（ラスボス）の性格はかなり把握していたつもりだけど、この拓実さんへのメッセージのひねくれっぷりには感心したわ。渋井さんの鋭い解釈がなければ、ただの嫌がらせだって思っていたかも」

珍しく実可子にほめられて、和馬はどぎまぎする。

「恐縮です。故人さまがこんな書き方をされたのは、立腹した息子さんが、絶対に別れるもんかって言いだすようにあおる意図もあったのかもしれませんね」

「渋井さんがいなかったら、きっとそうなってたよ。結果は一緒だけど、気分が全然違ってたな。ありがとう」

「お役に立てて幸いです」

拓実にぺこりと頭をさげられ、和馬は照れ笑いをうかべたのであった。

六

「最後は賢太郎兄さんだね」

拓実が催促する。

「なかなかひどいから読みたくないんだが」

「そこがいいんじゃないか。一人だけ逃げるなんて卑怯は許さないぜ。なんならおれがかわりに読もうか？」

恭二がニヤリと笑う。

「わかったよ」

賢太郎は観念して、一度はたたんだ便箋をひらいた。

「賢太郎へ
あなたは市長選への出馬に私が反対していることが不満のようですが、はっきり言っておきます。大嶋先生になんとおだてられようと、あなたは政治家をめざすべきではありません。

なぜならあなたはむいていないからです。

あなたの優しさや真面目さは、人としては長所ですが、政治家としては欠点以外の何物でもありません。政治家に必要なのは闘争本能と、いざという時は身内でも踏み台にしたり、切り捨てたりする冷徹さです。

大嶋先生がどうしても自分の息のかかった人間を市長にと望むのであれば、実可子さんを推薦なさい。

私相手に一歩もひかないあの気の強い女は、嫁としてはいまいちですが、あなたよりもはるかに政治家にむいていることは間違いありません。

以上
だそうだ」

賢太郎は複雑な表情で、ため息をつく。

「別に、どうしても市長になりたいと思ってるわけじゃないけど、そんなにむいてないかな……」

便箋を丁寧にたたみ、ポケットにしまった。

「兄さん、申し訳ないけど、おれも、ストレスで十二指腸潰瘍になるような人は政治家にならない方がいいと思う」

恭二がまったく申し訳なさそうな顔で言う。

「自分では経営者の方がむいてないと思うんだが」

「でも中原不動産って、ずっと黒字経営だよね？」

うらやましそうに言ったのは拓実だ。

「あれは凄腕の営業たちのおかげだよ。私自身は全然売り上げに貢献していない」

「たった今、僕の子供むけレストランにちょうどいい土地を推薦してくれたじゃないか」

「たまたまちょうどいい物件に心あたりがあっただけだ」

「そもそもどうして、賢太郎兄さんは、中原不動産に入社したんだっけ？　恭二兄さんが昨日言ってた通り、母さんに押しつけられたの？」

拓実の質問に、賢太郎は肩をすくめる。

「押しつけたとまでは言わないが、母さんが決めたのは本当だ」

「少なくとも母さんは、兄さんが不動産業にむいてると思ってたってことか。もしむいてないと思ったら、拓実みたいにばっさりクビにしちゃうしな」

「おい、恭二」

「その通りだよ……」

拓実が暗い声で言う。

「そもそも市長になりたいって思ったのはどうして？」

「一つはもちろん、青井市をもっと暮らしやすいまちにしたかったから。もう一つは、母さんの後を継ぐのは無理だと思ったから、かな。母さんがそんな大変な思いをして中原グループを守ってきたなんて知らなかったけど……」

恭二のぶしつけな質問に、賢太郎は誠実に答えた。本当に真面目な人なんだな、と、和馬は思う。

「知ったらやる気になった？」

「いや、むしろもっと無理だと思った」

賢太郎の正直な感想に、拓実はあっけにとられ、恭二はプッとふきだした。

「まあ、良くも悪くも、兄さんのそういう慎重なところも、政治家にむいてないかもね」

拓実が、賢太郎のコップにウーロン茶をつぎたしながら言う。

「どうしてもこれがやりたいっていう仕事にであえるまでは、中原不動産を続ければ？不動産業で青井市をもっと暮らしやすいまちにできるかもしれないし」

「そうか……」

「そうそう、儲けようとしないで、家を買いたい人や店を開きたい人のために、最適な物件を探してあげるコンシェルジュくらいの気持ちでやればいいんじゃないの？」

恭二も賢太郎のコップにウーロン茶をつぎたした。

「そうだな……」

賢太郎はおだやかに微笑む。

「というわけで、母さんはおまえの方が政治家むきだと考えていたようだが、やってみたいという気はあるのか？」

賢太郎は実可子に尋ねた。

「全然ないわ」

実可子は即答する。

「少なくともあと十年は子供たちを最優先にするって決めてるの。政治家になるのはその後でも遅くないでしょ。あたし九十まで生きる自信があるし」

「わかりやすい」

さすがだね、と、拓実が拍手すると、聡美と真梨奈が続いた。理由もわからず子供たちもママに拍手をおくる。

「そういうきっぱりしたところが政治家むきだな」

「賢太郎兄さんとは大違いだね」

「おまえたち、聞こえてるぞ」

「おっと」

恭二と拓実は同時に首をすくめて笑う。

「というわけで、母さんの手紙は以上だ。追伸はなし」

賢太郎はさばさばした顔で、母の手紙をもう一度たたみ、上着のポケットにしまった。

弟たちがウーロン茶をなみなみとついだコップを、そろそろと口にはこび、おいしそうに飲みほす。

「直接言えばいいようなことをわざわざ紙に書いて、しかも弁護士さんに預ける必要あったのかな？　まさか真のメッセージはあぶりだしになってるとかじゃないよね？」

拓実は不満げである。

「直接言えなかったんでしょうね」

翠芳がおだやかに言う。

「遺産がないってことが言いにくかったの？」

「そちらはむしろおまけです。別に手紙に書かないでも、いずれ相続の段になれば明らかになることですから」

「じゃあ、個別メッセージの方？」

「今さら親らしいことを言っても、息子さんたちの心には届かないと思われたのでしょう。お母さまは、息子さんたちが自分のことをごうつくばばあ、あるいは、ドケチとよんで嫌っておられることをご存じでした」

「だって実際そうだったし」

拓実はまったく悪びれる様子もなく、あっけらかんと答えた。

「きっと生きている間に何を言っても聞き流される。でも、死んだ後でなら、真面目に読んでくれるかもしれないとお考えになったのではないでしょうか？」

「自分の死を予感していたということですか？　重病をわずらっていたわけでもないのに」

翠芳にかわって、賢太郎の疑問に答えたのは瀬戸である。

「ああ、封筒は七年前から毎年預かってましたよ。最初の時は、大奥様が、自分ももう六十になるからこれを頼む、なんて、思わせぶりなことをおっしゃるので、てっきり遺言状に違いないと、すごく緊張したものです。のちに遺言状ではないとうかがって、肩の荷がおりたものですが、まさか毎年預かる封筒の中身がお手紙だったとは、私も意外でした」

「毎年？　去年書いた手紙や一昨年書いた手紙もあったってこと？」

拓実の問いに、瀬戸はうなずく。

「ええ。最近では新しい封筒を預かるたびに、古い封筒はお返しすることにしていたのですが、そういえば最初に書かれた封筒だけお返ししそびれていたのを思い出して、今日、お持ちしました。私が勝手に処分するわけにもいきませんので、お返しします」

茶封筒ではなく、はがきが入る大きさの白い洋型封筒だ。

「こちらは古いものですので、読まずに廃棄されてもかまいません」

「どうする？」

賢太郎は、封筒を受け取ると、弟たちに尋ねた。

「どんなひどいことが書かれているのか気になる」

きっとひどいことが書かれているに違いない、と、拓実は決めてかかっている。

「一応あけてみるか」

賢太郎は開封した。

七

白い封筒の中には、便箋が一枚入っているだけだった。

「初期はシンプルだったんだな」

「例の、遺産はありません、残念、っていう最初の一枚だけなのかもね」

恭二と拓実は、言葉とは裏腹に、何がとびだすかわくわくしているようだ。ビールを口にはこびながら、賢太郎が手紙を読みあげるのを、今か今かと待ちうけている。

「読むぞ。

息子たちへ

私は決して良い母親ではありませんでした。

そのことについて言い訳するつもりはありません。

でも私がろくでもない母親だったおかげで、あなた方は本当に仲の良い兄弟に育ってくれました。

私はあなたたちのことをいつも誇らしく思っています。

私の子供としてうまれてきてくれてありがとう。

母より」

賢太郎が顔をあげると、弟たちは、拍子抜けしたような表情だった。当然、またお説教じみた苦言がつらつら書かれていると予想していたのだ。

「これで終わり？」

恭二の問いに、賢太郎はうなずいた。

「これだけだ。追伸もない」

賢太郎は便箋を弟たちに見せる。

これが母から息子たちにあてたラストレターになったかもしれないと思うと、なかなかに感動的だ。

ただ、書いたのが、ごうつくばばあだと思うと、ちょっと、いや、かなりビミョウなところだが……。

息子たちの反応は、和馬の予想通りだった。

「何か悪いものでも食べたのかな……」

賢太郎のつぶやきに、拓実は、うんうん、と、うなずく。

「これだけのはずないよね。今度こそあぶりだしだよ」

「まさか、弁護士さんが偽造したんじゃ」

「そんなことしませんよ。やっても何の得になりませんし」

恭二の失礼な言葉を、瀬戸はきっぱりと否定した。

「それもそうか。じゃあ母さんは一体どういうつもりでこれを書いたんだろう」

「魔が差したんじゃない？　最新版の手紙にはこんなこと書いてないし」

「おそらく毎年この文を書いているうちに、照れくさくなられたんですよ。ああ見えて照れ屋でいらっしゃいましたから」

翠芳の優しい言葉に、息子たちは顔を見合わせた。

「照れ屋!?」

「たしかに大奥様は照れ屋なところありましたね」

またしても翠芳の言葉を裏付けたのは瀬戸である。

「大奥様の厳しい取り立てに恐れをなして、必死で働いて業績をたて直した工場主がお礼に来たりすると、言葉なんかいらないから、葬式の時、棺桶に花を入れてくれって、追いはらっておられたみたいですよ。おかげで今日、花を入れに来た人の多いこと」

もちろん「あんたの店には先がない」と貴李子に廃業させられた商店主なども多く、当時は恨んだものだったが、後になって「あれ以上無理をしたら、倒れるか首をくくるかのどちらかだった。大奥様に引導を渡されたおかげで助かった」と感謝しているケースもあるという。子供たちも知らない、個人の別の顔が葬儀の日に知らされる。和馬がこのアルバイトをはじめてから、そんな場面に遭遇したことがいくたびあったことか。

なかにはどこぞの校長のように、そんな不快な事実は知りたくなかったというケースもあったりするわけだが、それでも、亡くなった人について語り合うのは、永遠の別れを受け入れるために必要な時間なのではないだろうか。葬式というのは、そのためにある儀式なのかもしれないな、と、和馬はぼんやり思う。

「照れた結果の花だったのか」

「似合わないなぁ」

「あーでも、大嶋先生の話によると、一度だけ真っ赤になって照れたらしいじゃない?良い母親って言われるのが本当に苦手だったんだね」

賢太郎は苦笑いし、恭二は腹をかかえて笑い、拓実はプッとふきだす。

翠芳は三人の反応に気を悪くしたふうでもなく、にこにこと話し続ける。

「三兄弟というのは、えてして仲が良くないものと相場が決まっています。それもあって大奥様は、皆さんの兄弟仲が良いことを喜んでおられたのではないでしょうか。三姉妹はそうでもないんですけどね。もちろん賢太郎さんがよく下のお二人の面倒をみてこられたからですが、何より、破天荒な母親に対抗するために三人が団結せざるをえなかったというのが大きいのではないでしょうか」

「三兄弟ってあんまり仲が良くないものなの？」

拓実がきょとんとした表情で尋ねると、翠芳は悲しげに目を伏せた。

「残念ながら、私の知る限り、三兄弟は、仲が悪いか、すごく悪いかのどちらかですね。特に財産があるようなお宅の場合は」

「そんなふうに言われると照れるな。そんなに仲が良いって意識したことはないんだけど」

恭二は照れくさそうに、ひとさし指で鼻をかく。

「あら、あなたたち、すごく仲良しよ」

聡美が言うと、実可子と真梨奈も、そうね、と、クスクス笑った。

たしかにこの三兄弟は仲が良い。

なにせ賢太郎は拓実が、恭二は賢太郎が母を殺したと思い、なんとかかばおうとしたのだから。

結局、すべて勘違いだったのだが。

自分もずいぶん振り回されたものである。

和馬も苦笑していると、マナーモードにしている携帯電話が震えて着信を知らせた。くるみからだ。

空気にとけこんでいた時間もこれで終わりか。

和馬は部屋の隅にいって、通話ボタンを押す。

「盛り上がっているところスミマセン、時間なんですけど」

「あ。ごめん、あと五分」

手で口もとを隠し、小声で答えた。

だが賢太郎は、何となく様子を察したのだろう。

「渋井さん、そろそろ時間ですか?」

「はい、すみません。喪主さまから最後に一言、みなさまへのご挨拶をお願いします」

「わかりました」

賢太郎はおもむろに、ポケットからマナー本をコピーしたA4サイズの紙をとりだした。

通夜、通夜振る舞い、告別式、出棺、精進落としと何度も喪主挨拶があり、そのたびに賢太郎はマナー本の文例をそのまま読み上げてきたが、それもこれで最後である。

遺族たちはみな、箸を置いて、賢太郎の方をむいた。

「……二日間の長きにわたり、まことにありがとうございました。まだ、ごゆっくりしていただきたいところですが」

賢太郎は文例を淡々と読んでいく。

賢太郎らしい無難な選択だった。

聴く者すべてを驚かせた義父の弔辞とは、対照的である。

「長くお引きとめしては、申し訳ないので、本日はこれにてお開きとさせていただきます……」

そこまで読んで、一拍おいた。

「ホットケーキ……。今、思いだした。ホットケーキのつくり方を教えてくれたのは母さんだ。料理が苦手な母さんが、唯一、手づくりしてくれたおやつだよ。まだ父さんが生きていた頃、母さんはやっぱり口うるさい人だったけど、でも、私は、あのちょっとバターと砂糖をこがして風味をつけたホットケーキが大好きだった」

賢太郎は呆然として、窓の外に目をやった。

今日も美しい夏空が広がっている。

「兄さん、大丈夫？」

　心配そうな恭二の声に、賢太郎はおだやかに微笑む。

　賢太郎は再び、コピー用紙に目を落とした。

「母、中原貴李子が、ごうつくばりで、ドケチであることはみなさんご存じの通りですが、その上、嘘つきで、見栄っ張りであったことが、本日、判明しました。また、自分の結婚の顛末を今さら知らされて、私は顔から火がでる思いでした。あの話を弔辞でなら披露してもいいと自分勝手なことを言ったそうですが、少しは私の立場にも配慮してもらいたかったものです」

　この内容が、あらかじめ用意した原稿であるはずがない。

「お別れの花を手向けに来た人が、あんなにたくさんいたのも驚きです。母はあちこちで恩を売りまくっていたんですね」

　あれはとんだトラップだった、と、和馬も心の底から同意する。

「しかも自分が良い母親ではなかったおかげで、私たち兄弟は仲が良いのだと自慢げに手紙を書く始末です。図々しいにもほどがあります」

　賢太郎の言葉に、弟たちも、うんうん、と、深くうなずく。

「私は、母のことが、好きではありませんでした。ですが」

　コピー用紙を持つ指先がふるえる。

突然、大粒の涙が一粒、ポタリと文例集の上にこぼれおちた。

弟たちが驚いて兄の顔を見る。

「母には、産んでもらったこと、何より……」

賢太郎は顔をあげない。

ポタリ、ポタリと、次々と落ちる涙がコピー用紙を濡らしていく。

たった今、自分がただ一人の母親を亡くしたことに気づいたかのように。

「何より、弟たちと三人兄弟で産んでもらったことを、深く感謝しています。お母さん、ありがとうございました」

賢太郎はすっかり濡れてしまった紙をふるえる指でたたむと、ポケットにしまい、遺影にむかって深々と一礼した。

突然、拓実が嗚咽(おえつ)をもらすと、恭二の目からも涙があふれだす。

昨日とかわらぬ蟬のコーラスが、和室をつつむ。

中原家は長い二日間を終えたのであった。

エピローグ

中原家の葬儀から一週間。

最高気温は連日三十五度をこえ、蟬のコーラスはにぎやかになる一方だ。

真夏の積乱雲は、天の頂きにとどかんばかりである。

その力強い白さを、どう形容すればいいのだろう。

綿菓子だと甘すぎる。

もっと的確かつ劇的な表現はないだろうか……。

「またプロットがボツになったんですか？　今日も考えていることが顔にだだもれですよ」

かわいくも容赦無い声で、和馬は現実にひきもどされる。

そうだ、くるみと二人で、青井セレモニーホール一階の大ホールに椅子をならべているところだった。

「今度こそいけると思ったんだ……」

和馬はため息をつく。

「大富豪の老人が心不全で急死する。誰もが高齢による大往生だと信じて疑わなかった。だが寝室に大量のライグラスが飾られているのを見つけたフランス人の神父が、若い後妻による殺人であることに気づく。しかし後妻の犯行動機が自分への禁断の恋心であると打ち明けられて苦悩するという華麗にして耽美な背徳恋愛ミステリーだよ！　なのに編集が、リアリティーに欠けるだなんて、つまらないこと言うんだ。そんなにリアルな話が好きなら、ノンフィクションでもだしてればいいんだよ」

和馬は一気にまくしたてる。

「和馬さん、リアルなミステリーは思いつかないんですか？」

くるみの問いに、和馬は一瞬ムッとしたが、すぐに黒い微笑みをうかべた。

「まったく思いつかないわけじゃないさ。たとえば、ミステリー作家が担当編集者を惨殺する話なら、百通りは思いつくよ」

「そのネタ、採用されますかねぇ」

「……犯人は漫画家にしておくかな……」

ブツブツ言いながら椅子ならべに戻る。

「まあ、和馬さんのそういう不屈の根性には感心しますよ。中原の大奥様の葬儀も、なんとか無事に終わったし。実は和馬さんと二人だけで大丈夫かなって、すごく不安だったんですよね」

それはこっちの台詞だよ、と、言いたいのを、和馬はぐっと我慢した。

「くるみちゃんがしっかりしてて助かったよ」

「社葬もうちに頼んでくれますかね？」

「たぶん大丈夫じゃないかな」

なにせ中原三兄弟とは、一緒に徹夜までした仲だし……と思いたいところだが、自信は無い。

「もし社葬もとれたら社長大喜びですね。あたしはまあ、どっちでもいいですけど」

「喪主の奥さんはきっと、かなりいい着物を持ってると思うから、着付けとヘアメイクを頼まれるかもしれないよ？」

「おお？　五つ紋付きの着物ですかね!?　奥さん、薄紫の色無地に黒の喪帯とか似合いそうでしたね。ヘアメイクは上品な感じにして」

くるみは大きな目をきらんと輝かせる。

「あ、そういえば、例のあれはやっぱり和馬さんの聞き間違いだったんですね？　お母さんを殺してしまったとかいう」

「あれは拓実さんが勘違いからもらした言葉だったんだよ。自分が逃げ出したせいで、お母さんを蘇生できなかったって思い込んでたみたいだから」

「拓実さん？　あのお洒落っぽい三男ですか？　それは変ですね。あの人がお通夜に来たのは翠芳さまより後だから、時間的にあいませんよ？」

　くるみの意外な記憶力のよさに和馬は驚いた。

「早めに来て、ロビーでコーヒーでも飲んでたんじゃないのか？」

「そんな人、見かけませんでしたけどねぇ」

「くるみちゃんはずっと二階にいたから、気がつかなかったんだよ、きっと」

「じゃあ和馬さんは見たんですか？　見てないですよね？　見たのなら、そもそも、あれは誰だったんだなんて犯人捜しする必要ないですもんね」

　くるみの鋭すぎる追及に、和馬はたじたじである。

　この娘はいい探偵、いや、いい刑事になりそうだ。本人は興味なさそうだが。

「あっ、もしかしてあの日、大ホールでもお通夜やってたかな？」

「やってませんよ。知ってるくせに」

「うっ」

和馬の苦しまぎれのでまかせは、ことごとく粉砕されてしまう。

「まあ、あれですね。もうすぐお盆だし、夏のお葬式はいろいろありますよね、場所も場所ですし」

暑苦しいオレンジゴールドの西陽にふっくらした頬を染めながら、不思議娘はきゅるんとかわいく笑ったのであった。

あとがき

　私の友人知人たちは、たまに、あるいはしばしば、大変な目にあわされます。その筆頭は生け花仲間にしてドクターであるタマゴちゃんで、年に何度も、私に質問攻めにされるのです。

　今回も「死んで半日以上たった人の血管からも採血ってできる？」とか「死因がはっきり特定できなくて、死体検案書に心不全って書くしかないことって本当にあるの？」などなどの質問に答えてもらいました。

　タマゴちゃん本当にありがとう。まあでも今回は、質問の数自体は多かったのですが、過去に私がした「(相続の関係で)死なれては困るけど意識を取り戻されても困る人がいて、ずっと寝かせ続けておきたいんだけど、麻酔薬と睡眠薬とどっちがいいかな？」「どんな名医でも蘇生できないように確実に即死させたいんだけど、脳のどこを撃てばいい？」などといった物騒(ぶっそう)な質問に比べれば、わりとまっとうな（？）ものばかりだったのではないでしょうか（笑）。

ちなみにタマゴちゃんは実際に、ハムスターにかまれて軽い呼吸困難におちいった患者さんを治療したことがあるそうです。「ハムスターを飼っている人は、かまれないように気をつけてくださいね」とのことでした。

他にもお寺のお嬢さんに「お通夜とお葬式って二日連続になっちゃうけど、夏場は同じ僧衣のまま行くと汗臭くならない？」と尋ねたり（中に着ている白い着物と襦袢類は着替えるから大丈夫だそうです）、ここ数年以内にお葬式をだした方々には「ご遺体の死に装束は白い経帷子でしたか？　おしゃれ着にしましたか？　納棺師さんは頼みましたか？」など、いろいろうかがわせていただきました。

みなさまありがとうございました。

さて、今回の作品では、仲の良い三兄弟がでてきます。

第一稿を読んだ担当編集者さんから「三兄弟というと、たいてい仲が悪いものですが、貴李子さんの育て方が良かったんですね」という思いがけない感想が。

実は私のまわりには三兄弟はいないので（三姉妹は何人かいます）、「えっ、そういうものなの？」と思ったものです。

さて、ある時、たまたま接骨院の先生が三兄弟であることが判明しました。

余談ですが、この先生はとても銃器に詳しいので、以前も「インドの元王族の若い大富豪が愛用している銃って何がいいでしょう？」「は？　え？　ちょ、ちょっともう一度言ってもらえますか」というやりとりをしたことが。

それはさておき、もちろん三兄弟の仲をききましたとも。

「先生のところは兄弟仲良しですか？」

「うちは下に弟が二人いて、一番下の弟とはもう何年も年賀状のやりとりだけですね」

（つまり会ってないようです）「真ん中の弟は、ずっと音信不通で、住所もわかりません」

とのこと。

……えっ、それつまり、すごく仲が悪いってこと……!?

はからずも三兄弟は仲が悪い説が裏付けられてしまう結果となりました。

もちろん今、このあとがきを読んでおられる方の中には「うちは三兄弟だけど仲は良いよ」という方もいらっしゃることでしょう。

どうもそれは奇跡的なことのようなので、ぜひ自慢してまわってください！

というわけで、物書きと知り合いになると、あれこれ質問攻めにされる上、ネタにされることもあり、ろくなことがないというお話でした。

二〇一九年　秋　天野頌子

（追伸）近況や新刊のお知らせなどはツイッター（@AmanoSyoko）にておこなっておりますので、フォローしていただけると幸いです。

参考文献

『究極の「おくりもの」―葬儀屋歴40年の知恵袋が見てきたこと―』（大西秀昌／著　扶桑社／発行）

『「永遠（とわ）の別れ」の傍らで　―究極の「おくりもの」2―』（大西秀昌／著　扶桑社／発行）

『葬儀社だから言えるお葬式の話』（川上知紀／著　日本経済新聞出版社／発行）

『なんとかいたしましょう　老舗葬儀屋の気骨』（石山勝市、江尻みどり／著　高陵社書店／発行）

『不思議の国ニッポンのお葬式』（大川誠司／著　啓文社書房／発行）

『後悔しないお葬式』（市川 愛／著　ＫＡＤＯＫＡＷＡ／発行）

『最新版　新しい葬儀・法要の進め方＆マナー』（主婦の友社／編・発行）

『最新版　喪主ハンドブック』（柴田典子／監修　主婦の友社／編・発行）

『よくわかる家族葬のかしこい進め方』（杉浦由美子、河嶋 毅／著　大泉書店／発行）

『月刊住職　二〇一九年七月号』（興山舎／発行）

光文社文庫

文庫書下ろし

おくりびとは名探偵　元祖まごころ葬儀社 事件ファイル

著　者　天　野　頌　子

2019年12月20日　初版1刷発行

発行者　鈴　木　広　和
印　刷　新　藤　慶　昌　堂
製　本　ナショナル製本

発行所　株式会社　光　文　社
〒112-8011　東京都文京区音羽1-16-6
電話 (03)5395-8149　編　集　部
8116　書籍販売部
8125　業　務　部

落丁本・乱丁本は業務部にご連絡くだされば、お取替えいたします。
ISBN978-4-334-77951-1　Printed in Japan

組版　萩原印刷

光文社文庫　好評既刊

光文社文庫最新刊